Seule au Nouveau Monde

Hélène St-Onge, Fille du Roy

Maxine Trottier

Texte français de Martine Faubert

Éditions
SCHOLASTIC

Reignac, France,
1666

le 8 mai 1666

Ce cahier ne m'a pas toujours appartenu. Je l'ai trouvé un jour, en cherchant un livre dans les rayons de la bibliothèque. Était-il à maman ou à papa? Leurs initiales à tous deux avaient été tracées, entrelacées, sur la première page. Malheureusement, je ne pourrai jamais savoir lequel des deux l'a offert à l'autre. J'ai donc décidé d'en faire mon journal et, sur la couverture, j'ai inscrit mon nom : Hélène St-Onge.

Je n'ai aucun souvenir de maman, car j'étais toute petite quand elle nous a quittés. Mais papa, cher papa, je ne l'oublierai jamais. Lui aussi nous a quittés maintenant, emporté par la petite vérole, l'hiver dernier. Mais, au fond de moi, une petite voix me dit que le chagrin d'avoir perdu maman y a été aussi pour quelque chose. En me mettant à l'écriture de ce journal, j'ai l'impression de continuer la conversation avec lui. Comme cela me manque!

Catherine est là, bien sûr. J'adore ma sœur, mais elle a seize ans, et je n'en ai que treize. Catherine est une jeune fille accomplie maintenant. Moi, pas encore. Parfois, j'ai l'impression que ce sont quinze années qui nous séparent, et non trois.

le 9 mai 1666

J'ai tant à raconter, si je veux vraiment faire le tour de ma vie. Par où commencer? Je pourrais tout dire de moi, même si je suis assez ordinaire. Aucun signe particulier, à part les yeux verts et le menton pointu. Catherine dit que je ressemble à ma chatte Minette. Elle ne le dit pas par méchanceté. C'est tout simplement la vérité. « Miaou! » ai-je l'habitude de lui répondre. Les grands yeux, peut-être, mais je n'ai sûrement pas le pelage noir de Minette!

Un jour, papa m'a raconté que, le matin de ma naissance, une terrible tempête s'est levée. Peu après que j'ai vu le jour, un magnifique arc-en-ciel s'est déployé dans le ciel, et papa m'a soulevée dans ses bras pour que je le voie. C'était mon premier regard sur le monde, et j'ai souri devant tant de beauté. Ma vieille nourrice, Louise, prétend que ce sont les gaz qui m'ont fait grimacer, mais papa a toujours persisté à dire que c'était un sourire. Encore aujourd'hui, quand je vois un arc-en-ciel, je ne peux pas m'empêcher de sourire.

Le 10 mai 1666

Aujourd'hui, j'ai cru que j'avais perdu Minette. Elle adore aller vagabonder partout. Il est vrai que notre grande demeure compte vingt pièces d'habitation, avec des milliers de recoins pour se cacher. Et il y a encore la grange et l'étable, à moins que l'odeur du crottin ne vous incommode. Pas moi. Parfois, comme Minette, je pars à l'aventure dans les prés ou dans les bois, ou je grimpe aux arbres, surtout les vieux chênes. Il ne faut pas que Catherine le sache.

J'ai enfin retrouvé Minette dans la bibliothèque. Avec ma chambre, c'est l'endroit que je préfère dans la maison. C'était aussi la pièce préférée de papa. Combien d'heures y a-t-il passées à travailler à son livre, à écrire son journal, à poursuivre une œuvre qu'il ne terminerait jamais? Aujourd'hui, je continue ce journal en y racontant ma propre histoire. Quant au livre, qui devait s'intituler *De la nature des humains et des libellules*, j'en ai tiré le dessin d'une libellule, que j'ai recopié sur la première page de ce cahier, en souvenir de papa.

Les pièces que nous n'utilisons pas dans notre grande demeure sont bien poussiéreuses, car tous nos domestiques sont partis. La bibliothèque reste impeccable grâce à mes bons soins : cirage des meubles, polissage du parquet et mise en ordre des livres. Pas la moindre odeur de renfermé, car je veille à aérer la pièce en ouvrant les fenêtres toutes grandes une fois par semaine. Il m'arrive de m'y asseoir la nuit et, à la lumière d'une unique bougie, j'écris mon journal, comme maintenant. Louise dit que je dois ménager les bougies.

Un jour, en ouvrant un livre, j'ai trouvé une fleur d'iris entre les pages. Est-ce maman qui l'a mise là? Je ne le saurai jamais. C'est pour cela que je tiens à écrire ce journal. Un jour, j'aurai peut-être une fille. Et, si je ne peux pas la voir grandir, il lui restera au moins ces mots de moi, qui lui permettront de me connaître.

Le 14 mai 1666

Il a plu hier et aujourd'hui. Minette n'aime pas la pluie. Elle a donc passé la journée à paresser à l'intérieur. Elle a regardé les gouttes de pluie dégouliner sur la vitre de la fenêtre de la bibliothèque, essayant de les attraper avec sa patte. Pense-t-elle que les gouttes de pluie sont des êtres vivants? Je lui ai posé la question, et elle m'a fait : « Miaou! » C'est bête, je sais, mais quel plaisir de pouvoir faire l'idiote, même si c'est seulement en écrivant! Tout cela cessera quand je serai grande et que je me marierai, affirme Louise.

Le mariage! Que c'est sérieux! Catherine va probablement épouser un jeune homme du nom d'Armand Lecôté. Il vit avec sa famille à Montréal, de l'autre côté de l'Atlantique, en Nouvelle-France. Son père est une vieille connaissance de papa. L'affaire s'est conclue après un long échange de lettres et toutes sortes de négociations. Heureusement, Catherine a une belle dot, et les bons partis ne manquent pas.

Catherine dit que je devrais cesser ces enfantillages et me comporter comme une jeune demoiselle.

Elle a sans doute raison, mais je préfère continuer de retirer mes chaussures et mes chaussettes pour aller patauger dans les flaques du jardin.

Le 17 mai 1666

Des lettres sont arrivées durant ma promenade au jardin avec Minette. L'une d'elles venait de la Nouvelle-France. Catherine l'a lue, bien sûr. Monsieur Lecôté y exprimait ses sincères condoléances à l'égard de papa. Il voulait aussi connaître l'état de la dot de Catherine.

Curieusement, il n'y avait aucune lettre d'Armand, mais il y en avait une de notre cousin Pierre Demerse, de La Rochelle. Cousin Pierre et son épouse, cousine Madeleine, nous annoncent qu'ils vont venir habiter ici.

Catherine m'a expliqué que cousin Pierre est notre tuteur et que, dans ses dernières volontés, papa a clairement exprimé le souhait qu'il s'occupe de nous jusqu'à ce que nous soyons mariées. Ils viendront avec leur fille, cousine Anne.

Le 18 mai 1666

Cousin Pierre, cousine Madeleine et cousine Anne sont arrivés en voiture, ce matin. Trois femmes de chambre, un cuisinier et un majordome à l'air hautain les suivaient dans une petite voiture à chevaux.

Des domestiques! Fini, la maison pleine de poussière!

Le 19 mai 1666

Il a plu toute la journée. Cousin Pierre s'est enfermé dans l'étude de papa pour n'en ressortir que l'après-midi, l'air vraiment fâché. Ils ne m'ont pas vue, car je m'étais cachée derrière le paravent de l'entrée, mais j'ai entendu cousin Pierre dire à cousine Madeleine que les dettes étaient si élevées qu'il faudrait vendre la maison.

« Les insectes! Les libellules! Toute sa vie passée à gaspiller temps et argent à la poursuite de son rêve insensé! Et voilà où cela l'a mené! a-t-il dit, fulminant de rage. Je le soupçonnais, a-t-il continué en soupirant. Et je remercie le bon Dieu d'avoir pensé à écrire à monsieur Deschamps avant de venir ici. Les filles sont sous ma tutelle, et je trouverai bien un moyen de les établir convenablement. »

Je n'arrive pas à dormir. J'ai perdu, une par une, chaque chose qui m'importait dans la vie. Maman, papa, et maintenant, ma maison. Il ne me restera que Catherine et Minette, bien sûr, ma fidèle Minette qui ne manque jamais de cracher quand elle aperçoit Madeleine.

Le 23 mai 1666

Chaque jour m'amène une peine de plus, et il n'y a plus que ma chambre où je peux écrire en paix. Comme notre bibliothèque me manque!

Catherine dit que Madeleine ne veut pas garder deux filles à marier sous son toit, surtout si un prétendant venait à se présenter. Anne passera en premier, car elle est en âge de se marier, à dix-huit ans. Encore une absurdité. Je crois que Madeleine et Anne sont jalouses de Catherine. Ma sœur est si belle!

Madeleine me fait penser à une de ces brebis qui regardent fixement le monde, plantées derrière une clôture. Est-ce à dire qu'Anne est une agnelle? Non, Anne ne ressemble pas à un mouton. Et si Madeleine ressemble à un mouton, ce n'est pas sa faute. Mais elle n'est pas obligée de se comporter comme si elle en était un!

Le 24 mai 1666

Je crois que cousine Madeleine aimerait vraiment que nous quittions la maison. Ce matin, elle a dit qu'il n'y avait pas assez de place pour que nous restions. Que veut-elle dire par là? *Le Cadeau* compte vingt pièces d'habitation! Elle nous a dit que nous devions nous rendre utiles.

« Je sais broder et faire de la dentelle, a dit Catherine. Et mes soufflés sont des plus moelleux. »

J'ai dit pour ma part que je savais cuisiner et m'occuper des autres tâches de la cuisine. Avant que nos vaches ne soient vendues, j'aidais souvent à la traite. C'est d'ailleurs comme cela que j'ai attrapé la vérole de la vache. Mes mains en portent maintenant les cicatrices.

Cousine Madeleine n'a pas semblé impressionnée.

J'espère qu'Armand va se décider à écrire.

Le 25 mai 1666

Catherine et Madeleine ont eu une dispute aujourd'hui.

« Il ne restera plus rien pour te constituer une dot, une fois la maison vendue et les dettes acquittées, a dit Madeleine. Dans ces conditions, Armand Lecôté refusera de t'épouser. »

À mon avis, Madeleine se trompe. Armand aime Catherine. Il l'a dit, un jour, dans une lettre qui m'a bien fait rire, tant il voulait se montrer tendre et romantique.

« Ça suffit, Madeleine », a dit cousin Pierre, s'interposant entre Catherine et son épouse. « J'ai fait des démarches auprès du couvent, Catherine, lui a-t-il dit d'un ton qui se voulait gentil. Tu y entreras comme novice. Puis viendra le tour d'Hélène. Vous pourrez y faire une bonne vie. Bien sûr, je garantirai une modeste dot. »

Catherine a pleuré de rage, ce soir. Tout cela à cause de Madeleine! Moi, je suis trop fâchée pour pleurer. Deux bonnes sœurs! Et puis quoi encore!

Le 26 mai 1666

J'ai péché. J'ai traité Madeleine de mouton. On m'a aussitôt renvoyée dans ma chambre et privée de souper. Je dois confesser que papa lui-même m'a souvent envoyée dans ma chambre, quand j'avais été impertinente. Mais jamais il ne m'a privée de repas. Heureusement, je garde toujours un peu de pain et de fromage dans une boîte, au fond de mon armoire, pour le cas où Minette aurait faim pendant la nuit.

Ce matin, je suis allée voir le père Simard pour me confesser. Je dois avouer que j'ai pris grand plaisir à marcher de notre demeure jusqu'à l'église de notre village de Reignac. Il s'est bizarrement étouffé, derrière la petite grille, quand je lui ai raconté ce que j'avais dit. J'espère qu'il ne tombera pas malade. Pour me repentir, je dois réciter un rosaire tous les soirs, pendant une semaine. Et j'ai moi-même ajouté à ma pénitence : je vais m'excuser auprès de Madeleine.

Avant de quitter le confessionnal, j'ai demandé au père Simard si c'était un péché d'orgueil, d'écrire mon journal. Il a répondu que non. J'ai tendance à être un peu trop fière de ma manière d'écrire. Les lettres de Catherine sont toujours mal calligraphiées et toutes barbouillées. Et je soupçonne Madeleine et Anne de ne savoir ni lire ni écrire.

Papa a toujours dit que les mots écrits étaient porteurs d'une grande puissance et que je devais toujours les utiliser à bonnes fins. Je sais, au fond de moi, que je ne fais rien de mal en écrivant mon journal, mais il valait mieux en parler à un prêtre pour m'en assurer.

Le 28 mai 1666

Aujourd'hui, des visiteurs sont passés. Je me suis faufilée dans l'entrée, l'oreille collée contre la porte entrebâillée, pour mieux entendre.

C'était monsieur Deschamps, celui à qui cousin Pierre a écrit. Et elle, c'était madame Laurent. Tous deux viennent de Montréal. Connaîtraient-ils Armand, par hasard?

« Vous êtes de sang royal, mademoiselle St-Onge, et vous feriez un très bon parti pour un homme de la noblesse », a dit madame Laurent à Catherine.

C'est vrai, nous sommes apparentées à Sa Majesté le Roy Louis XIV. Quelques gouttes de sang royal coulent dans nos veines, nous a-t-on dit. Mais nous sommes parentes de si loin que Louise affirme que cela ne veut plus rien dire. Tout de même, ce n'est pas tout le monde qui peut en dire autant.

Puis ils ont fait à Catherine une proposition qui m'a coupé le souffle.

« Pourriez-vous envisager de quitter la France et de devenir une Fille à marier? lui a demandé monsieur

Deschamps. Ce ne serait pas trop difficile, puisque vous avez de la famille à Montréal, au dire de monsieur Demerse. »

C'est vrai. Il y a des années de cela, Jules, le frère de papa, est mort à Montréal où il avait épousé une veuve. Personne n'a jamais parlé d'elle, sauf papa. Du vivant de l'oncle Jules, des lettres nous arrivaient de temps en temps. Puis de moins en moins souvent, et finalement, plus du tout, comme cela se produit parfois pour d'autres choses. Elle s'appelle Barbe Moitié.

« Elle tient une auberge, a répondu sèchement Catherine. Que me proposez-vous donc? a-t-elle ensuite demandé. Qui sont ces Filles à marier? »

Avant même que la réponse ne vienne, Louise m'a surprise derrière la porte et m'a renvoyée.

« Les manières, Hélène. Les bonnes manières! » m'a-t-elle grondée.

Ma curiosité va finir par me tuer. Est-ce un péché d'être trop curieuse? Je le demanderai en confession au père Simard. D'ailleurs, j'y vais tout de suite, à l'église, au cas où ce le serait.

Ce même soir

Le père Simard m'a tout expliqué. Je terminerai donc mon écriture de la journée sur ce sujet. Il manque de femmes en Nouvelle-France. Comme les hommes ne peuvent pas se marier, ils n'ont pas d'enfants. Les officiers royaux surveillent de près ces hommes, leur interdisant même de quitter les villes ou de faire la traite des fourrures avec les Indiens, à moins d'être mariés.

Les Filles à marier. Le père Simard dit que ce sont des jeunes filles qui sont recrutées par les marchands de la Compagnie des Indes occidentales ou, parfois, par des prêtres. Elles sont choisies avec soin, et seules les meilleures sont retenues. Il va écrire une lettre de recommandation pour Catherine, si elle accepte de partir. Et il devra aussi lui fournir son certificat de naissance.

Elles reçoivent un coffret contenant un modeste trousseau. Elles s'engagent à se marier et à avoir des enfants, pour la plus grande gloire de Dieu et du Roy. À leur arrivée à Montréal, elles logent d'abord chez une dame nommée Marguerite Bourgeoys, une religieuse qui a charge de voir à leur entretien. C'est donc une personne des plus respectables.

Quand l'une des jeunes filles est demandée en mariage, elle a le droit d'accepter ou de refuser. Quand le mariage a finalement lieu, le nouveau ménage reçoit en cadeau de l'argent, une vache ou quelques volailles.

Le nom de Nouvelle-France évoque tant de beautés et de mystères. L'idée de partir si longtemps, loin de tout ce que je connais m'effraie un peu, je dois l'avouer. Mais il y a cette tante Barbe, là-bas. Catherine croit qu'elle ne peut pas être une personne respectable. Papa n'était pas de cet avis. Une femme seule doit assurer sa subsistance, se plaisait-il à répéter, et les auberges ne sont pas toutes mal famées. Je ne connais rien à ces choses-là, mais si papa l'a dit, ce doit être vrai.

Que pouvait-il arriver de mieux à Catherine que de

devenir une Fille à marier? Quant à la vache, je ne trouve pas cela très somptueux, comme cadeau de mariage.

Le 3 juin 1666

Catherine et moi avons longuement discuté. D'habitude, elle ne me demande pas mon avis, mais il ne lui reste plus que moi, et la décision qu'elle a à prendre est très difficile. Ce que monsieur Deschamps a proposé pourrait être notre planche de salut. Le Roy fournira une modeste dot, comme si Catherine était sa propre fille. Elle sera sous la tutelle du Roy. Et moi aussi, car Catherine n'acceptera jamais de partir sans moi. J'ai eu une idée géniale. Quand elle sera mariée, je serai sa ménagère. Ainsi, nous ne serons jamais séparées.

Le 5 juin 1666

Monsieur Deschamps est revenu aujourd'hui. Un accord a été conclu. Je peux partir avec Catherine, mais comme je suis encore très jeune, elle a exigé que ce ne soit pas en tant que Fille à marier, même si d'autres filles encore plus jeunes que moi se sont déjà mariées là-bas. Je ne peux imaginer qu'on se marie à onze ou douze ans.

Monsieur Deschamps semblait trouver cela tout à fait normal.

« Venez, mademoiselle, a-t-il dit. N'aimeriez-vous pas devenir l'épouse d'un marchand de Montréal? »

Je n'ai pu m'empêcher de répondre. J'ai éclaté en disant que je n'avais que treize ans.

« C'est ridicule, a répliqué Catherine à monsieur

Deschamps. Ma sœur ne se mariera pas avant d'être devenue une femme accomplie. Et elle n'épousera pas un inconnu rencontré dans une lointaine ville de la Nouvelle-France et qui est prêt à épouser la première venue. Son mari sera quelqu'un qu'elle connaît et qu'elle respecte, tout comme moi qui épouserai Armand. Ce trousseau le satisfera amplement, monsieur. »

Monsieur Deschamps et cousin Pierre se sont regardés d'une façon qui ne m'a pas plu du tout. Ils n'ont rien dit. J'espère que Catherine connaît Armand aussi bien qu'elle semble le croire.

Le 6 juin 1666

Nous partons vendredi. Nous venons d'assister à notre dernière messe du dimanche matin dans notre église de Reignac. J'ai prié pour que Catherine et moi puissions avoir toutes les deux le courage de quitter notre maison pour entreprendre ce long voyage.

Monsieur Deschamps est déjà en route vers le bateau, mais madame Laurent est restée ici, au *Cadeau*, afin de nous chaperonner durant le trajet jusqu'au port. C'est une gentille dame aux joues roses et toujours de bonne humeur. Ce sera un plaisir de faire le voyage avec elle.

Il faudra environ trois jours pour arriver à destination. Nous nous rendrons à La Rochelle à bord de la voiture de cousin Pierre, d'où nous ferons voile vers la Nouvelle-France. Nous ne pouvons pas emporter grand-chose avec nous, à part quelques coffres. Je n'en aurai qu'un seul, un tout petit, car Catherine a tant de jolies choses dans son trousseau de future mariée.

Cousin Pierre nous a gentiment fait cadeau d'une somme d'argent. Cinquante livres. C'est généreux, sans doute, et j'espère que ce sera suffisant. En sa qualité de Fille à marier, Catherine a reçu cent livres. Une partie de cette somme va pour le linge et les vêtements, et il y a soixante livres pour payer la traversée. Une part de dix livres revient à monsieur Deschamps pour l'avoir recrutée. Je comprends maintenant son empressement.

Madame Laurent dit qu'il sera peut-être possible de nous loger convenablement sur le vaisseau. Les moins fortunés doivent se contenter d'un logement commun. La perspective d'un tel arrangement fait grimacer Catherine. Moi, je crois que ce pourrait être intéressant.

Le 7 juin 1666

J'ai aidé Louise à plier et à ranger le trousseau de Catherine dans les coffres. Cousine Madeleine et Anne nous ont regardées faire. Madeleine s'est permis une ou deux remarques. Elle s'y connaît en matière d'entretien du linge fin, car elle en possède elle-même une grande quantité. Nous avons glissé des sachets d'herbes aromatiques ici et là, afin de donner au linge un frais arôme de lavande, de menthe, de girofle et de thym. Un deuxième coffre renferme nos draps, couettes et autres couvertures de lit. Ce travail m'a épuisée. Je suis maintenant au lit, en train d'écrire.

J'ai préparé mon bagage moi-même dans ma chambre. Bas, mouchoirs et chemises, bourses et tabliers, chaussures, bonnets, une coiffe, un peigne, un grand châle bien chaud, une tenue de tous les jours, avec jupe et corsage, et une belle tenue pour la messe du dimanche. Aussi des bâtonnets pour me nettoyer les dents, mon chapelet et mon missel. Et encore quelques écheveaux de fil de lin teints de belles couleurs et mon tricotin pour fabriquer de la cordelette. J'ai réussi à faire entrer tout cela dans mon coffre.

Je me suis penchée pour ramasser un ruban que j'avais laissé tomber sur le tapis et, quand je me suis retournée vers mon coffre, Minette était assise dedans. J'en ai eu les larmes aux yeux. Je l'ai prise dans mes bras, et elle s'est mise à ronronner.

« Non, Minette, lui ai-je dit tristement. Tu ne peux pas venir avec nous. »

Je lui ai expliqué qu'elle pouvait rester ici, avec Louise, ou aller se réfugier dans la grange. Qu'elle devait être une bonne chatte capable de faire fuir toutes les souris. Que j'avais décidé d'emporter avec moi sa laisse et son collier, en souvenir, mais qu'elle devait rester à la maison. Catherine m'a dit qu'elle me trouvait enfantine, de vouloir ainsi apporter avec moi des objets aussi inutiles.

Que la vie est dure!

Le 10 juin 1666

Je crois que, jamais avant, je n'ai éprouvé en même temps des sentiments de bonheur, de tristesse et d'inquiétude. Je ne fermerai pas l'œil de la nuit, car demain commence notre grande aventure. Alors, autant écrire!

Me voilà étendue sur mon lit, enroulée dans ma couette. Ce sera étrange, à partir de demain, de ne plus dormir dans ce lit qui est le mien depuis que je ne suis plus un bébé.

Je n'ai pas fermé les rideaux de mon lit, et une bougie est restée allumée sur la petite table de chevet. C'est la dernière nuit que je passerai ici, et je dois tout noter, jusqu'au moindre détail, afin de pouvoir me rappeler cet endroit même quand je serai bien vieille.

Comme d'habitude, sur un ton de reproche, Louise m'a rappelé que je ne devais pas tacher la courtepointe avec mon encre et m'a demandé si j'avais fait mes prières. Je suis oublieuse. Mais il n'y avait aucune colère dans sa voix, car nous lui manquons déjà beaucoup. Et, même si elle essaie de le cacher, on voit bien qu'elle s'inquiète de notre sort.

J'ai déposé ma plume d'oie et serré Louise dans mes bras. Je lui ai promis de faire attention et lui ai dit que j'avais déjà fait mes prières et, même, que j'avais tressé mes cheveux. À l'âge que j'ai maintenant, je dois le faire moi-même, et je dois aussi coiffer Catherine comme Louise m'a enseigné à le faire. Une Fille à marier doit toujours se montrer impeccable.

Elle a reniflé, puis soupiré de tristesse. « Bien », a-t-elle dit d'un ton d'approbation. Elle m'a demandé d'éteindre ma bougie et de fermer les yeux. Demain, nous devons nous lever tôt afin d'entreprendre le voyage jusqu'à La Rochelle, où le bateau nous attend. Je l'ai suppliée de me laisser encore un peu de temps, sachant qu'elle ne refuserait pas.

Elle a repris son bougeoir, a secoué la tête en signe de découragement, puis m'a embrassée sur le front et m'a souhaité une bonne nuit. Avant de franchir la porte, elle m'a dit : « J'espère que Minette n'est pas dans ton lit! Elle laisse ses poils noirs partout où elle passe. »

Je lui ai répondu que Minette n'était pas dans mon lit, l'air aussi innocent que possible. Au son de ma voix, Minette a trahi sa présence en se mettant à ronronner. Mais Louise ne l'a pas entendue. Et, même si elle l'avait entendue, je sais qu'elle n'aurait rien dit en cette dernière nuit.

Quand Louise a refermé la porte, Minette est ressortie de sous le drap et s'est vigoureusement secouée, laissant des dizaines de poils noirs sur la courtepointe. Puis elle a fait un brin de toilette : d'abord une patte, puis l'autre, puis la face.

Je l'ai caressée. Son échine ondulait sous la chaleur et la douceur de ma main. Je l'ai prise dans mes bras, l'ai serrée bien fort, et elle s'est remise à ronronner. Les larmes me sont montées aux yeux, bien malgré moi.

Le 11 juin 1666

Catherine dort tout contre moi, dans notre chambre à l'auberge où nous sommes descendus pour la nuit. Je suis épuisée, mais trop excitée pour dormir. Si je ne note pas tout de suite tous les événements de la journée, je crains de les avoir oubliés en me réveillant demain matin.

Ce matin, je me suis habillée toute seule, à la lueur de

ma bougie. J'ai enfilé une chemise de batiste, puis des bas tenus par des jarretières. Mes gros souliers me tiendront les pieds au chaud et au sec. Puis le corset que je déteste tant. C'est très difficile à mettre toute seule, sans l'aide de personne, et si je ne l'ai pas serré autant que Louise le fait d'habitude, tant pis. Minette m'a encore compliqué la tâche en jouant à s'enrouler autour de mes jambes.

J'ai ensuite mis un corsage et une jupe de lainage gris. Cette tenue me va bien. La mode m'importe peu. Tant que je me sens au chaud et au sec, je suis bien contente. J'ai aussi mis quelques bijoux. J'ai glissé autour de mon cou la croix que papa a faite pour maman quand ils étaient fiancés et, à mon doigt, l'anneau d'argent que je porte depuis la mort de papa. Dans le miroir, j'ai vu une fillette toute mince, au regard trop sérieux. Je lui ai fait une grosse grimace, tout en peignant mes cheveux pour ensuite les remonter.

J'ai pris mon bougeoir et j'ai suivi le corridor jusqu'à la chambre de Catherine afin de l'aider à se préparer pour le voyage. Minette m'a suivie jusque devant la porte, puis a filé vers la cuisine pour y prendre son déjeuner.

Catherine était vêtue de sa chemise, ses longs cheveux blonds descendant en cascade dans son dos. Je la trouve belle comme une princesse. Nous ne nous ressemblons pas du tout, elle toute blonde et moi, petite noiraude. Elle a les yeux bleus, mais ce matin, ils étaient rougis, car elle a dû pleurer, comme moi.

Elle a souri, malgré tout. « Viens donc lacer mon corset, Hélène. » Aujourd'hui, elle va porter sa tenue de voyage jaune.

Tout en tirant sur les lacets afin de lui amincir la taille, je lui ai demandé si elle était certaine de sa décision d'entreprendre ce voyage. Moi, j'ai des doutes.

« Il n'y a aucun avenir pour moi ici, Hélène. J'aurais pu entrer au couvent et me faire religieuse. C'est une vie honorable, mais ce n'est pas celle que je veux. Mon destin sera bien différent, en me faisant Fille à marier », a-t-elle dit, comme je m'y attendais.

Je l'ai aidée à enfiler sa tenue. Le corsage et la jupe sont coupés dans une fine étamine de laine. Elle doit ressembler à une grande dame, si elle veut plaire à Armand. J'ai tressé ses cheveux et les ai montés en chignon à l'aide de longues épingles et de peignes en écaille de tortue, tout en laissant échapper ici et là quelques petites boucles afin de mettre en valeur l'ambre de ses boucles d'oreilles.

Avant de quitter sa chambre, Catherine a posé ses mains sur mes épaules et a dit : « Nous serons heureuses en Nouvelle-France, Hélène. Je te le promets. »

J'ai souri sans rien dire. Catherine a ramassé sa houppelande, puis a descendu les escaliers.

Je suis retournée dans ma chambre une dernière fois. Je ne la reverrai plus jamais, je crois. L'espace d'un instant, j'ai cru que le cœur allait me manquer. J'ai fermé les yeux, récité une prière pour me donner du courage et me suis enveloppée dans ma houppelande. J'ai un sac de voyage de tapisserie qui a appartenu à maman. J'y ai mis mes plumes d'oie, ce journal que je suis en train d'écrire et une bouteille d'encre bien bouchée. J'ai aussi pris le journal intime de papa. C'est comme si j'emportais un petit peu de lui avec moi. J'ai refermé le sac et suis descendue dans l'entrée, puis dehors, dans l'air vif du petit matin.

La voiture nous attendait sur les pavés de la cour, madame Laurent déjà assise à l'intérieur. Les chevaux piaffaient, soufflaient par les naseaux, et l'un d'eux s'est mis à rouler ses gros yeux bruns, comme pour me dire : « Dépêche-toi, fillette! Je veux galoper! »

Louise, drapée dans son châle, nous a embrassées une dernière fois avant de nous laisser grimper dans la voiture. Ceux de nos anciens domestiques qui sont venus nous voir partir pleuraient et reniflaient. Cousin Pierre était là, mais cousine Madeleine et Anne étaient restées au lit. Il nous a expliqué qu'elles avaient besoin de sommeil.

Le cocher a d'abord aidé Catherine, puis moi. Il a grimpé sur sa banquette, puis j'ai entendu le fouet claquer, les pièces des harnais tinter, et la voiture s'est mise en marche. Elle a descendu l'allée du parc, puis s'est mise à rouler par les chemins de campagne. La maison, Louise et Minette rapetissaient de plus en plus.

Minette, me suis-je dit, pleine de chagrin. « Je n'ai pas fait sa bise d'adieu à Minette! » me suis-je écriée.

Au son de ma voix, Minette s'est mise à ronronner. Elle est sortie de sous la banquette où elle s'était cachée, a sauté sur mes genoux et s'est frottée contre ma joue.

« Minette! me suis-je exclamée, mais sur un autre ton.

Oh, ma gentille Minette! Tu viens avec nous, finalement. »
J'ai plongé la main dans mon sac de voyage, en ai retiré
son collier et le lui ai mis autour du cou.

« Nous ne pouvons pas l'emmener avec nous », a dit
madame Laurent. Jamais je n'oublierai le ton d'exaspéra-
tion dans sa voix. Soulevant le bras, elle a frappé sur le
toit de la voiture afin de signifier au cocher de s'arrêter.

J'ai protesté, disant que si nous, nous pouvions partir,
pourquoi pas un chat?

Je croyais connaître ma sœur Catherine sous toutes ses
coutures. Elle a ouvert la bouche pour répondre, commençant à dire quelque chose à propos de la dignité et des
apparences, puis l'a refermée en me tapotant la main.

« Pourquoi pas, Hélène? Si nous, nous partons,
pourquoi pas Minette aussi? Il y a des souris et des rats
en Nouvelle-France, n'est-ce pas, madame? Une chatte
comme celle-ci saura sûrement y faire sa place. »

Madame Laurent a haussé les épaules.

« Nous allons en Nouvelle-France, Minette », lui ai-je
murmuré, la bouche enfouie dans son pelage. Puis je me
suis dit que, dans ces conditions, ça ne me dérangeait
plus tant que ça.

Le 12 juin 1666

Quand nous sommes arrivées à l'auberge pour y passer la
nuit, nous étions très fatiguées et nous avons sombré
dans le sommeil. Mais j'ai fait un rêve qui m'a réveillée.
J'ai donc allumé une bougie pour écrire un peu.

J'ai rêvé de notre maison que je ne reverrai plus. Plus

jamais je ne pourrai observer les agneaux gambadant dans les prés autour de Reignac. Ils vont devenir de gros moutons bien gras, leur toison sera tondue et servira à fabriquer écharpes et couvertures, et je ne verrai rien de tout cela, car je serai rendue bien loin quand tout cela se produira. L'été, les poires mûriront au verger, puis les récoltes seront engrangées, le toit de notre vieille maison se couvrira de neige et, au printemps, les grenouilles se remettront à coasser, là-bas dans le petit bois, au delà du pré.

Un jour, nous aurons une nouvelle maison.

Je vais éteindre la bougie maintenant. Je vais peut-être rêver de cette nouvelle maison.

Le 13 juin 1666

La Rochelle est un endroit étonnant. Je suis habituée aux odeurs de toutes sortes. Notre pigeonnier débordait de plumes, et l'étable était pleine de vaches laitières, par moments avec leurs veaux. La toison des moutons dégageait une odeur de suint. Mais ça! Un mélange d'odeurs de crottin de cheval, de poisson frais du marché et de fond de caniveau rempli de tout ce qu'on peut imaginer! L'auberge où nous sommes descendues tard dans la journée est enfumée et pleine de relents humains.

Heureusement, les humains ne dégagent pas que des mauvaises odeurs. La femme de l'aubergiste avait fait cuire une chaudrée de palourdes, dont nous nous sommes régalées pour notre souper. Il y avait aussi du pain frais. Quand nous sommes montées à notre chambre, Catherine et moi, il y faisait chaud et étouffant. J'ai ouvert la fenêtre toute grande pour y faire entrer l'arôme de l'air salin. La chambre est petite et, selon Catherine, au-dessous de ce que notre rang aurait exigé, mais elle est propre. Madame Laurent a une chambre pour elle seule. Personnellement, cela ne me dérange pas du tout, surtout que Minette est là pour me bercer de son ronron.

Demain, la deuxième partie de notre périple commencera.

Le 14 juin 1666

Nous sommes arrivées au vaisseau ce soir. Il porte le joli nom de *Le Chat blanc*. Le capitaine Renville est venu nous accueillir. Il a le teint rougeaud et une forte voix. Il nous a fait descendre loin dans les entrailles du vaisseau, dans un endroit éclairé par une seule lanterne, suspendue au plafond. Monsieur Deschamps était assis là, le coude appuyé sur une table suspendue au plafond par des cordages.

Le capitaine a donné à Catherine la lanterne qu'il tenait à la main jusque-là, puis il a dit : « Mesdemoiselles, si vous allumez une bougie, faites-le toujours dans une lanterne. Les risques d'incendie sont très grands à bord d'un vaisseau. Nous n'avons pas envie de finir grillés dans nos lits. Bonsoir! » Sur ces mots réconfortants, il est parti.

« Cette petite cabine est la vôtre, a dit madame Laurent en nous montrant le chemin. Monsieur Deschamps occupera celle-ci. Quant à moi, j'aurai mes quartiers avec les filles, dans la Sainte-Barbe, comme il convient de le faire. »

Je ne peux pas imaginer comment nous allons faire pour vivre ensemble dans cette minuscule chambre pendant toutes les semaines que durera le voyage. Mais nous avons de la chance de l'avoir obtenue pour notre usage privé. C'est tout de même mieux que l'installation des autres filles. Elles doivent partager leur lit et n'ont qu'un rideau pour s'isoler. Et leurs lits sont placés entre les canons! C'est d'ailleurs pour cette raison que cette salle s'appelle la Sainte-Barbe. C'est la patronne des canonniers.

Des matelots ont descendu nos coffres. Nous gardons avec nous nos vêtements et autres effets personnels, mais nous avons dû vider les coffres contenant nos draps et couvertures. Nous devons les entreposer dans la cale, avec tonneaux, barriques et autres objets encombrants. Nous avons fait notre lit, Catherine et moi. Ou plutôt, je l'ai fait et elle s'est contentée de tirer les draps et les couvertures. On va dormir à l'étroit, là-dedans. Le plafond est bas, les coffres encombrent le plancher et la couchette est très étroite. Je me sens incapable d'attendre jusqu'à demain pour explorer et rencontrer les autres Filles à marier.

Il reste une autre petite cabine inoccupée. Je me demande qui s'y installera?

Le 15 juin 1666

Ce matin, je me suis réveillée avant l'aube, et mes yeux se

sont ouverts sur un monde étrange. Je suis déjà montée à bord d'un bateau. Papa avait amarré une petite barque au bord de l'étang, et j'en suis tombée plusieurs fois à l'eau. Heureusement, l'étang n'est pas très profond. Mais je n'ai jamais rien vu de semblable à ce vaisseau qui va nous emmener de l'autre côté de l'océan. J'ai l'impression de me trouver à l'intérieur d'une créature marine faite de bois. Ça gémit et ça craque de partout. Minette n'aime pas cela, mais, comme moi, elle devra s'y habituer.

Il nous a fallu nous habiller l'une après l'autre, tant nous sommes à l'étroit dans notre cabine. En temps normal, Catherine aurait rouspété, mais elle est tellement malheureuse de notre situation qu'elle est restée là sans rien dire, les larmes aux yeux.

J'ai tenté de la faire rire en lui disant que notre cabine n'était peut-être qu'un placard, mais que c'était notre placard à nous. Elle n'a pas ri.

Dans la salle commune, nous avons mangé des œufs et du pain pour notre déjeuner. Il y avait des poires et des quartiers de citron. J'ai partagé mon œuf avec Minette.

« Mangez des fruits, m'a pressée madame Laurent. Nous avons des aliments frais pour le moment, mais quand nous aurons gagné la haute mer, nous n'aurons que des salaisons d'anguille et de porc. »

Ensuite, la cloche a tinté. Elle sonne pour marquer les demi-heures tout au long du jour. J'espère que je vais m'y habituer.

Je dois aller explorer.

Le 17 juin 1666

Comme je ne suis pas une Fille à marier, je ne suis pas vraiment sous la garde de monsieur Deschamps ou de madame Laurent, mais plutôt sous celle de Catherine. Madame et monsieur pensent que je tombe sous leur autorité, et ils n'aiment pas que je monte seule sur le pont. Mais que puis-je faire? Catherine a mal à la tête, et je crois qu'elle sera mieux toute seule, au calme, pour se reposer.

Pour le calme, c'est raté, car les Filles à marier ont commencé à embarquer. Il y en a de toutes les tailles et de toutes les formes. Certaines sont aussi jeunes que moi, mais la plupart ont à peu près l'âge de Catherine. Elles rient, se chamaillent entre elles et font des blagues à propos des hommes qu'elles s'en vont épouser. Elles ont toutes l'air gentilles.

Je vais inscrire leurs noms ici, afin de ne pas les oublier. Huit d'entre elles viennent de La Salpêtrière. C'est l'orphelinat pour les filles de Paris. Elles s'appellent Bernice, Jeanne, Éloïse, Marguerite, Céline, Cécile, Claudette et Lise. Elles ne me semblent pas déborder de santé. Il y a aussi cinq filles nommées Marie. Elles viennent de la campagne et sont solides, vigoureuses et pleines d'entrain.

Je n'arriverai jamais à distinguer les Marie les unes des autres, car déjà, en temps normal, j'ai du mal à retenir les noms! Ce sera plus facile de me rappeler leur physionomie. Dans mon journal, il y aura donc : Marie-grain-de-beauté, Marie-picotée, Petite-Marie, Marie-la-muette et Marie-manque-une-dent. Je suis sûre que cela ne les fâchera pas.

Le 18 juin 1666

Le capitaine Renville, malgré sa voix tonitruante et son teint rougeaud, est un homme très gentil. Aujourd'hui, il m'a fait visiter le bâtiment avec les filles. Catherine n'en avait pas envie.

Sa cabine est à l'arrière du vaisseau, à la poupe, comme disent les marins. Elle est fenêtrée sur toute la largeur du bâtiment, et on peut y observer le sillage que laisse celui-ci à la surface de l'eau, après son passage. Du moins, le capitaine Renville le peut-il, car il y loge seul. Il y garde de nombreux livres. J'ai failli lui demander s'il pouvait m'en prêter un, mais j'ai décidé d'attendre un autre jour. Les doigts me démangent de tourner les pages d'un livre.

La cabine où Catherine et moi logeons se trouve près de celle du capitaine. Les marins et tous les passagers mâles dorment ensemble dans une grande salle située plus en avant, du côté de la proue. Il y a une cuisine et même une auge pour les poules, les cochons et les chèvres. Je voudrais que tous ces animaux puissent voir le ciel de la Nouvelle-France mais, malheureusement, ils sont destinés à être mangés.

Le 19 juin 1666

Catherine s'accommode très mal de nos compagnes de voyage. Ce sont des rustaudes, affirme-t-elle, des paysannes et des souillonnes, et je ne dois pas les fréquenter. Je ne l'écoute pas. Elles seront peut-être nos voisines, un jour. Marie-manque-une-dent m'a montré, toute fière, le coffret offert à chacune des filles par le Roy. Catherine a refusé de prendre le sien.

« Je n'ai jamais possédé autant de jolies choses, s'est exclamée Marie. Aucune d'entre nous non plus, d'ailleurs. Regarde, Hélène! Des bas, des gants, du ruban, des lacets, des aiguilles à coudre, un peigne. Et ce joli mouchoir. Regarde toutes ces autres choses. Quand nous nous marierons, nous recevrons de l'argent, peut-être 30 livres. Imagine! »

J'ai pensé à toutes les belles choses de prix que possède Catherine et m'en suis sentie gênée.

Le 20 juin 1666

Un prêtre est monté à bord ce matin, et nous avons eu notre première messe. C'est un Jésuite, il s'appelle le père Denis, et madame Laurent dit qu'il retourne en Nouvelle-France pour aller s'occuper des missions. Le père Denis est un grand personnage à l'air débraillé. Presque chauve, il ne lui reste plus qu'une couronne de cheveux roux allant d'une oreille à l'autre.

Le père Denis a rassemblé toutes les filles pour les prières du soir. Madame et monsieur y étaient aussi, naturellement. Monsieur Deschamps avait l'air d'un homme très important avec sa culotte, sa veste et son justaucorps, la moustache et la barbiche bien peignées. Sur sa tête, posé sur sa perruque, trônait un chic chapeau de castor. Il l'a enlevé, puis l'a posé sur une chaise. Le chapeau, pas la perruque.

Le père Denis a commencé à réciter un rosaire. Je l'ai surpris, une ou deux fois, à jeter un coup d'œil intéressé sur le chapeau. Non, ce doit être le fruit de mon imagination. Pourtant, sa calvitie y serait bien au chaud durant l'hiver, en Nouvelle-France. Il devrait peut-être s'acheter une perruque.

J'ai repensé à ce chapeau de monsieur Deschamps. Il est en feutre, fabriqué avec du poil de castor. On dit qu'il y a beaucoup de ces bêtes, en Nouvelle-France. Monsieur Deschamps dit qu'il faut avoir un permis pour faire la traite des fourrures et que, de nos jours, un trappeur doit se marier s'il veut conserver le sien. Je ne sais pas si c'est le sort des filles ou celui de ces hommes qui m'attriste le plus. Je remercie le bon Dieu d'échapper à une telle destinée.

Le 21 juin 1666

Il fait nuit. Je suis installée bien au chaud dans notre lit, à côté de Catherine, et je ne peux m'empêcher de m'interroger sur ce qui nous attend. Nous appareillerons avant l'aube, afin de profiter de la marée descendante. D'autres gens sont arrivés sur le vaisseau durant la journée, tous en partance pour la Nouvelle-France. Je parlerai à chacun, si c'est possible. Ce sont des marchands et des agriculteurs, et il y a même une fille d'origine indienne. Je n'ai jamais rencontré d'Indien. Il faudra que je me présente à elle. Voilà la réponse au mystère de la cabine inoccupée. C'est sûrement la sienne.

Je me demande ce que je verrai en Nouvelle-France. Des castors, peut-être? C'est une belle et vaste contrée sauvage, incroyablement dangereuse, prétend-on. Papa disait toujours que la connaissance donne de la force. S'il me faut maintenant avoir le courage de tout quitter afin d'accompagner Catherine qui s'en va se marier, alors je crois que je dois apprendre tout ce qu'il est possible d'apprendre.

Le 22 juin 1666

Je suis restée sur le pont à regarder les côtes de France disparaître au loin. Catherine est restée en bas, dans l'entrepont, comme dit le capitaine. Moi, je voulais regarder. Je ne reverrai peut-être jamais plus la France.

J'ai pleuré. Mais comme mes joues étaient mouillées d'embruns, je crois que personne ne s'en est aperçu. Et puis, peu importe. Tout ce que je voulais, c'était de rester seule et de graver dans ma mémoire l'image de la France que je quittais. Puis j'ai entendu un bruit. C'était la petite Indienne. Elle était montée sur le pont et se tenait maintenant appuyée au bastingage, juste à côté de moi. Ses joues ruisselaient de larmes, comme les miennes. Mais pas pour les mêmes raisons. Mes larmes étaient des larmes de tristesse, nées du chagrin que j'éprouvais à quitter la France. Les siennes étaient des larmes de joie.

« Je rentre chez moi », a-t-elle dit.

Elle parle d'une drôle de façon. C'est du français, mais avec un accent que je n'ai encore jamais entendu.

Le 23 juin 1666

Elle s'appelle Kateri Aubry. Elle est moitié Française et moitié Iroquoise. Son père, monsieur Jean Aubry, est armurier à Montréal. Il doit être riche s'il peut lui offrir une cabine pour elle toute seule. Lui-même loge avec les marins, à la proue du navire.

La mère de Kateri est morte en couches, il y a deux ans. Le bébé était une petite fille. Étrange, que nous ayons toutes deux perdu notre maman. Mais Kateri a plus de chance que moi, car elle a encore son papa. Elle aussi a un animal de compagnie. C'est un chien, et elle l'a appelé Ourson, tant il ressemble à un petit ours. Elle a dû le confier à un voisin. Elle a très hâte de le revoir.

Kateri a dix ans et ne ressemble à personne d'autre de ma connaissance. Elle a le teint mat et de jolies pommettes saillantes. Ses longs cheveux droits, d'un noir de jais, forment une longue tresse dans son dos. Ses yeux sont noirs, aussi, et elle a le sourire de son père. C'est ce qu'elle m'a dit, et je dois la croire sur parole, car monsieur Aubry parle peu, ne sourit jamais et ne s'occupe de personne autour de lui. Il a belle apparence, on pourrait même dire très belle apparence, avec ses cheveux châtains et ses yeux noisette.

Lui et sa fille s'en retournent à Montréal après un séjour en France pour visiter sa famille. Je crois que sa femme lui manque. Il se dégage de lui la même chose que de papa, par moments.

Catherine n'arrive pas à comprendre que je me plaise

en compagnie de Kateri. « Nous devons choisir nos amis parmi la meilleure société de Montréal », soutient-elle.

Si j'évitais de fréquenter tous les gens que Catherine considère d'un rang inférieur au nôtre ou de peu d'intérêt, je serais bien seule. Et puis, Minette aime Kateri, et c'est la meilleure juge que je connaisse en matière de valeurs humaines. Minette aime même le sévère monsieur Aubry. Elle se frotte contre ses jambes, mais il l'ignore.

Je crois que Kateri et moi, nous deviendrons de très bonnes amies avec le temps.

Le 24 juin 1666

Aujourd'hui, c'est la fête de la Saint-Jean. Madame Laurent a invité Kateri à se joindre à nous pour célébrer la messe, et elle a accepté, car elle est très pieuse. Monsieur Aubry ne semble pas l'être, cependant. Il est resté de l'autre côté du vaisseau, à gauche lorsqu'on regarde vers l'avant de celui-ci. À bâbord, comme dit le capitaine Renville. L'autre côté, là où nous nous sommes agenouillés pour prier, s'appelle tribord. Ce serait bien plus simple de dire gauche et droite!

Le 26 juin 1666

J'ai rencontré un mousse nommé Séraphin Poule. Il a l'air très robuste et fait beaucoup plus que ses quinze ans. Il a de longs cheveux roux tressés dans le dos et le teint hâlé par le grand air. Séraphin n'a pas eu la vie facile. Il est mousse depuis l'âge de six ans. Il a l'air bourru, mais il est d'agréable compagnie. Il dit que, dans ses temps libres, il va m'expliquer tout ce que je voudrai apprendre à propos du vaisseau. Je veux tout savoir.

Heureusement, madame Laurent et monsieur Deschamps ne montent sur le pont qu'un bref moment, chaque jour, pour prendre l'air. S'il y demeuraient plus longtemps, ils finiraient sûrement par me dire qu'il est inconvenant de parler avec Séraphin. Ils ont peut-être raison. Dans mes prières, j'ai demandé si c'était un mensonge de ne pas le leur avouer moi-même. Papa disait toujours que je devais profiter de la vie pour apprendre le plus de choses possible. Je ne suis pas certaine qu'il pensait aux grands bateaux à voiles en disant cela...

Le Chat blanc n'est pas le plus grand des bâtiments, m'a dit Séraphin. C'est un trois-mâts d'environ dix-sept toises de longueur, portant un nombre incalculable de voiles de toile, qui sont tantôt levées, tantôt baissées, au gré des ordres du capitaine. Il compte aussi six canons, pour nous défendre contre les pirates. Je préfère ne pas penser aux pirates. Dans la cale, ce sont les rats qui règnent. Minette va leur régler leur compte en un rien de temps! Les marins grimpent dans la mâture au moyen d'échelles de corde, dont les échelons s'appellent des enfléchures.

Séraphin connaît le nom exact de chacune des voiles. Il en récite la liste à Kateri, comme j'aurais pu le faire, pour les fleurs et les herbes de notre jardin.

Je n'aurais pas dû penser au jardin. Je m'ennuie de la maison. Madeleine a intérêt à bien s'en occuper, du jardin, tout comme la personne qui achètera notre maison.

Le 28 juin 1666

Voilà six jours qu'il n'y a plus aucune terre en vue. Nos lits sont imprégnés d'une désagréable humidité, mais j'apprécie d'en avoir un pour l'intimité que cela me laisse pour écrire mon journal. « Il n'y aura aucune terre en vue pendant environ trois mois, mademoiselle. J'espère pour vous que vous aimez contempler la mer à perte de vue », m'a prévenue Séraphin.

Je le savais, mais de l'entendre dire par un véritable marin rend la chose bien plus réelle.

Le temps est au beau et la brise est légère. Des oiseaux de mer (je n'ai aucune idée de leurs noms) planent au-dessus de nos têtes, sans presque jamais battre des ailes. Ce doit être extraordinaire d'avoir une telle liberté de mouvement, de pouvoir ainsi se déplacer au gré du vent. C'est un peu l'impression que me donne notre voyage. Mais je ne le dirai pas à Catherine, car elle ne le comprendrait pas.

Le 30 juin 1666

Aujourd'hui, pour la première fois depuis notre départ, Catherine est montée sur le pont. Cela a causé tout un émoi. Elle était là, en plein soleil, avec madame Laurent et monsieur Deschamps. Les autres Filles à marier étaient là aussi, mais tous les regards allaient vers Catherine. Elle est si belle. De petites mèches de sa blonde chevelure s'échappaient de sa coiffe, comme des fils d'or, et s'entremêlaient avec les rubans, au gré du vent.

Seul monsieur Aubry n'a pas remarqué la présence de Catherine. Bizarre! Il regardait le ciel en discutant avec le capitaine Renville, qui avait le nez en l'air, lui aussi. Ils parlaient tout bas et, malgré tous mes efforts, je n'ai pas pu entendre un seul mot. J'ai regardé le ciel à mon tour. Il était d'un bleu d'azur, sans le moindre nuage. Je ne sais pas ce qu'ils pouvaient se dire.

Le 3 juillet 1666

Le vent a soufflé très fort pendant la nuit, et les vagues n'ont cessé d'augmenter. Je pouvais sentir le bâtiment rouler d'un côté, puis de l'autre, quand je me suis agenouillée pour réciter mes prières. J'avais du mal à rester en place.

Quand je me suis mise au lit, Catherine m'a demandé si j'avais peur.

J'avais laissé une bougie allumée dans la lanterne suspendue au plafond. C'était notre seul éclairage, et je ne voyais pas plus son visage que cette page sur laquelle je suis en train d'écrire. Je ne distinguais que sa silhouette dans l'ombre. Mais je suis sûre d'avoir aperçu un éclair de frayeur dans ses yeux, exactement comme dans ceux du lapin que notre cuisinier s'apprêtait à frapper d'un coup sec sur la nuque pour le tuer. De revoir la même lueur dans les yeux de Catherine m'a troublée.

Je lui ai dit que je n'étais pas effrayée, et qu'elle n'avait pas à l'être non plus. Nous voguons sur un bon bâtiment, l'équipage est compétent, et le capitaine est très courageux. De plus, Minette et moi sommes avec elle.

À ces mots, Catherine a souri. Elle s'est retournée sur le côté, et je crois qu'elle s'est endormie.

Plus tard, cette nuit

Je veux que ce journal raconte fidèlement les événements. Je n'ai pas pu m'endormir parce que je sais que je n'y ai pas écrit la vérité. Maintenant que je suis seule à être éveillée, j'admets que j'ai un petit peu peur.

Le 5 juillet 1666

Cet après-midi, je suis allée prendre l'air. Le temps était couvert, et la pluie s'est mise à tomber, se mêlant aux embruns projetés par les vagues devenues énormes. La mer ressemble à un gigantesque serpent qui ferait rouler ses anneaux les uns après les autres. Monsieur Aubry était monté sur le pont. Il n'avait pas mis de chapeau, et ses cheveux châtains volaient dans tous les sens. Ses vêtements de drap brun claquaient au vent, tout comme les voiles du bâtiment. Quand il m'a aperçue, il m'a crié de rentrer immédiatement.

Je n'avais pas envie de lui obéir. Il n'est ni mon père ni mon tuteur. Mais il y avait quelque chose dans le ton de sa voix qui m'a poussée à me retirer sur-le-champ. Je dois absolument éviter de vexer monsieur Aubry.

Le 6 juillet 1666

Le temps est à la tempête, et il devient difficile d'écrire, même si je me suis calée dans un coin de notre lit. La pauvre Minette est collée contre moi. Le vaisseau grince et craque atrocement. Toutes les Filles à marier, de même que madame et monsieur, ont le mal de mer. Je n'ai pas vu Kateri. Elle doit être malade, elle aussi, car j'ai aperçu monsieur Aubry sortant de sa cabine, un seau à la main. Je revenais moi-même de vider le nôtre. Il m'a fait un signe d'approbation de la tête, et j'ai cru voir un certain respect dans ses yeux.

Catherine vomit sans cesse, même s'il ne lui reste plus rien dans l'estomac. Les mouvements du vaisseau dans la tempête ne m'incommodent pas autant que la mauvaise odeur qui règne ici. Les seaux de vomissures et les pots de chambre se sont vidés de leur contenu, sur le plancher. J'ai envie de vomir moi aussi, mais je dois m'occuper de Catherine.

Le 9 juillet 1666

Je crains que ce passage de mon journal ne soit illisible. À cause des mouvements du bâtiment, mon écriture est une catastrophe. En plus, la bouteille d'encre s'est renversée, laissant une tache noire sur la couverture.

Ce soir, je ne pouvais plus endurer cette situation. J'ai suivi le capitaine sur le pont afin de respirer un peu d'air frais. Comme Catherine dormait, je ne me sentais pas trop coupable de la laisser seule. Mais ce que j'ai vu en mettant le nez dehors m'a enlevé toute trace de culpabilité, tant ma terreur a été grande.

J'ai prié le bon Dieu de bien vouloir nous sauver tous.

Et aussi la Sainte Vierge, Sainte-Hélène, Sainte-Catherine et tous les autres saints dont les noms me revenaient à la mémoire. Le ciel était d'un noir d'encre, une nuit sans lune ni étoiles. Quand un éclair striait le firmament, je pouvais voir la surface de l'océan. Les vagues étaient plus grosses que jamais et toutes bouillonnantes d'écume. Comment allons-nous faire pour survivre à cela? Je ne veux pas mourir de cette façon.

Un matelot a couru vers moi et m'a ordonné de redescendre. Ce que j'ai fait. Ma peur était énorme, mais j'avais du mal à détacher mes yeux d'un spectacle d'une telle puissance.

Le 12 juillet 1666

Catherine a encore le mal de mer, ainsi que tous les autres. Rien de surprenant, car l'air est irrespirable, ici. Une atmosphère viciée engendre la maladie.

Le 13 juillet 1666

La tempête a pris fin, et le capitaine a ordonné qu'on ouvre les écoutilles. Comme c'est bon de sentir de nouveau la fraîcheur de la brise marine. J'ai dit à Catherine de prendre une grande goulée d'air frais, l'assurant qu'elle se sentirait mieux.

Elle ne m'a pas répondu et a à peine ouvert les yeux. Ils sont purulents. Je lui ai passé un linge humide sur la figure. Nous ne sommes pas censés utiliser l'eau potable pour nous laver, mais j'ai décidé de sacrifier un peu de ma ration pour Catherine. Puis je lui ai posé la main sur l'épaule, lui ai remonté la couverture jusqu'au menton et me suis mise à réciter une prière à Saint-Camille afin qu'elle recouvre la santé. C'est le saint patron des malades.

Je suis remontée sur le pont; Petite-Marie aussi, ainsi que Kateri et Marie-grain-de-beauté. Elles se sentaient mieux. « Ce n'est pas bien, ont dit les autres, de faire des choses sans surveillance, car des jeunes filles bien élevées ne doivent jamais se promener sans être accompagnées d'un chaperon. » Je leur ai rappelé que madame et monsieur étaient tous les deux souffrants, incapables de bouger. D'ailleurs, Minette, qui était là avec nous, peut se montrer très féroce et se fait un devoir de me protéger.

Le soleil se couchait, et c'était grandiose, avec les vagues se mêlant aux ors et aux rouges de l'horizon. J'aurais aimé que Catherine puisse contempler un tel spectacle.

Le 14 juillet 1666

Les marins ont dansé sur le pont, ce matin. L'un d'eux jouait du pipeau et un autre battait du tambour. C'était toute une fête d'entendre leurs rires et le bruit de leurs pieds frappant le pont au rythme de la musique. Le soleil scintillait de mille feux sur l'eau et les hommes riaient.

Je me tenais en retrait, battant la mesure discrètement de mon pied. Comme j'aurais aimé pouvoir danser avec eux!

Catherine ne va toujours pas mieux.

Le 15 juillet 1666

Les poissons volants sont passés par dizaines et plusieurs ont atterri sur le pont. Le capitaine dit qu'une très grosse bête, peut-être un requin, devait être à leur poursuite. Les matelots ont nettoyé les poissons, puis les ont fait cuire, et Catherine en a mangé quelques bouchées, qui sont ressorties presque aussitôt. Je suis convaincue qu'elle se sentirait mieux si elle montait sur le pont, pour profiter de la chaleur des rayons du soleil, mais elle peut à peine se tenir debout.

Le 16 juillet 1666

Catherine est fiévreuse, maintenant. Comme plusieurs autres filles. Je crains que ce ne soit autre chose que le simple mal de mer.

Le 17 juillet 1666

Les gémissements des filles malades fusent de partout. Quelques-unes étaient rouges, ce matin, et brûlent de fièvre maintenant.

Je n'arrive pas à dormir. Catherine est très malade, et je ne peux rien faire pour la soulager.

Le 18 juillet 1666

Céline est morte ce matin, puis Lise, juste avant le coucher du soleil. Les autres sont très affaiblies. Catherine réagit à peine quand je l'appelle par son nom, mais elle va s'en sortir.

J'en suis certaine.

Le 20 juillet 1666

Ma sœur est morte. Le père Denis lui a donné l'extrême-onction. Elle est donc maintenant au Ciel, auprès de maman et de papa.

Je ne voulais pas écrire sur ce qui vient d'arriver. Je ne voulais d'ailleurs plus jamais écrire et j'ai failli jeter ce journal à la mer. Mais si je ne raconte pas cette triste histoire sur le papier, qui se souviendra de ma sœur?

Je suis restée assise un long moment au côté de Catherine, quand quelqu'un a frappé à la porte pour me dire que c'était l'heure. Je lui ai lavé les mains et la figure, et lui ai peigné les cheveux. Je lui ai donné un dernier baiser. Elle était déjà toute refroidie.

J'étais incapable de lui recouvrir moi-même le visage de son drap. C'est le capitaine qui l'a fait à ma place. Ils l'ont emmenée, l'ont déposée sur une toile grossière et ont placé un boulet de canon contre ses pieds. Un matelot a enroulé Catherine dans la toile, qu'il a cousue sur toute la longueur de la lisière. J'étais incapable de le regarder faire.

Madame et monsieur étaient sur le pont, à mes côtés. Le père Denis a récité des prières, puis ils ont fait passer le corps de Catherine par-dessus bord. J'ai fermé les yeux et j'ai entendu le plouf dans l'eau. Quand je les ai rouverts, on ne voyait plus que l'océan.

Le 22 juillet 1666

On m'a dit que huit filles et quatre hommes sont morts. Par la grâce du bon Dieu, les cinq Marie sont sauves et se remettent tranquillement de leur mal.

Mais de toutes ces morts, seule celle de Catherine m'importe.

Le 23 juillet 1666

Je me sens si seule. Je suis incapable de pleurer.

Le 26 juillet 1666

Je me suis accoudée au bastingage ce matin, avec le journal de papa serré contre mon cœur. On me laisse faire. Je sais que Catherine est au Ciel, avec maman et papa. Je me demande quel effet cela fait de se sentir glisser vers le fond de l'océan. Je ne sais pas nager. Aurais-je peur? Je me sens si seule.

Puis j'ai entendu le bruit d'un pas qui s'approchait. C'était monsieur Aubry.

« Quand j'ai perdu ma chère épouse Sési, a-t-il dit, je voulais mourir, moi aussi. J'ai cru que de quitter la Nouvelle-France m'aiderait à surmonter mon chagrin, mais cette fuite n'a été d'aucun secours. » Le ton de sa voix était doux, empreint de gentillesse. Il a parlé pendant un bon moment. C'est bizarre. Je ne le connais pas et je me rappelle à peine ce qu'il a dit, mais je me sentais tout de même un peu réconfortée.

« Votre cahier, mademoiselle, a-t-il dit. Vous devriez le

rapporter à l'intérieur, sinon la pluie risque d'en abîmer la couverture ». Le ciel s'était couvert et il commençait à pleuvoir.

Je lui ai expliqué que c'était le journal de mon papa. Qu'il était un savant et un adepte de la philosophie de la nature. Que c'était l'œuvre de sa vie, mais qu'il n'avait pas vécu assez longtemps pour en voir la publication. D'ailleurs, il s'était souvent fait mouiller, quand papa l'emportait dehors avec lui, pour aller observer tel ou tel phénomène. Et je l'ai mis à l'abri, sous ma houppelande.

« Je vous ai vue écrire dans votre journal auparavant, mademoiselle. Peut-être reprendrez-vous le fil du récit là où il l'avait laissé? Ce serait bien honorer sa mémoire, de même que celle de votre sœur, puisse-t-elle reposer en paix. »

J'ai été incapable de lui répondre.

Le 27 juillet 1666

Seule dans notre cabine, j'ai enfin éclaté en sanglots, ce soir. Je tenais Minette dans mes bras, car il ne me reste plus qu'elle, et j'ai trempé son pelage de mes larmes. Elle s'est mise à miauler, car je la serrais trop fort.

Ah! Catherine, papa, comme vous me manquez. La solitude est comme un monstre qui me dévore de l'intérieur. Je pense à vous en me réveillant, le matin, et au moment de m'endormir. C'est la seule manière de vous garder auprès de moi.

Monsieur Aubry a raison. En écrivant, je vous permets de continuer à vivre dans ma mémoire.

Le 28 juillet 1666

J'ai passé une heure en compagnie de Kateri, aujourd'hui. Elle a affreusement maigri. Moi aussi, sans aucun doute, car je flotte dans mes vêtements, et je n'ai pas beaucoup d'appétit. La nourriture est devenue détestable, avec pour seul menu des salaisons de porc, du chou et du biscuit.

Minette a attrapé un rat aujourd'hui. Elle a bon appétit.

Le 29 juillet 1666

Je suis lasse d'entendre le bruit des vagues et le tintement de la cloche du vaisseau. Les jours se suivent et se ressemblent tous. Comme j'ai hâte de revoir une prairie, une maison, même un simple brin d'herbe. Je m'inquiète de mon sort, mais il vaut mieux ne pas y penser.

Le 4 août 1666

Je sais, maintenant. Monsieur Deschamps est venu me rejoindre contre le bastingage. « Vous devriez prendre la place de Catherine, a-t-il dit. Ce n'est pas ainsi que les choses se font habituellement, mais vous n'avez qu'à accepter et vous deviendrez une Fille à marier.

— Laissez-moi y penser, lui ai-je demandé. Donnez-moi un peu de temps pour réfléchir.

— Vous disposez du temps qu'il nous reste pour arriver en Nouvelle-France », m'a-t-il répondu avec la voix de quelqu'un qui conduit une affaire, qui discute du prix d'un poulet ou d'une pièce de tissu.

J'ai failli éclater en sanglots, mais jamais je ne lui laisserai deviner ma détresse.

« Excusez-moi, monsieur Deschamps, a dit monsieur Aubry. Vous importunez mademoiselle St-Onge. Elle est l'amie de ma fille. Vous m'importunez donc également. » Il y avait une telle fureur dans le ton de sa voix que monsieur Deschamps a reculé d'un pas.

« Pardonnez-moi, a répondu sèchement monsieur Deschamps. Mais elle n'a pas tellement le choix. » Il nous a salués, puis est descendu dans l'entrepont. Je crains qu'il n'ait raison et j'en suis toute retournée.

Le 7 août 1666

Ce soir, j'ai longuement discuté avec monsieur Aubry. Ou plutôt, c'est lui qui a parlé, tandis que Kateri et moi écoutions.

« Monsieur Deschamps a tort, mademoiselle. Plusieurs possibilités s'offrent à vous. Vous connaissez des gens qui habitent là-bas, mademoiselle. Kateri me l'a dit. Les Lecôté? J'en ai entendu parler. Vous pourriez peut-être épouser leur fils. »

J'ai voulu protester, mais il a levé la main pour m'arrêter.

« Mademoiselle, il y a pire sort que d'épouser un honnête homme. Ou encore, vous pourriez retourner en France. »

J'ai répondu qu'il était impossible que je retourne en France.

« Et vous n'y êtes pas obligée. Kateri me dit que vous

avez une parente à Montréal? »

Kateri a souri. Que lui a-t-elle dit d'autre?

« C'est une veuve, madame Barbe Moitié », ai-je finalement répondu.

Il a éclaté de rire, puis a dit : « Quelle surprise! Je connais madame Moitié. C'est une bonne personne. Vous pourriez travailler chez elle, si le mariage ne vous convient pas pour tout de suite. »

Je crois que j'aurais dû être offusquée qu'il se soit moqué de moi. Mais je ne m'en soucie pas. C'est la première fois que je le vois sourire et que je l'entends rire. On dirait un roulement de tonnerre, tant il a la voix grave. Plus tard, Kateri m'a avoué qu'elle ne l'avait pas entendu rire comme cela depuis très longtemps.

Le 10 août 1666

Il fait de plus en plus froid. Même le jour, en plein soleil, l'air nous pince désagréablement.

Le 14 août 1666

Je me sens fatiguée aujourd'hui, car un rêve affreux m'a réveillée au beau milieu de la nuit, m'empêchant de me rendormir. Je rêvais de Catherine, mais je ne pouvais voir son visage.

Demain, c'est la fête de l'Assomption de la Vierge Marie. À la messe, je prierai pour Catherine de tout mon cœur.

Séraphin dit qu'il sent déjà l'odeur de la terre ferme. Je ne sens que l'air marin et la puanteur du vaisseau, quand je suis à l'intérieur. Kateri n'a rien senti de tel, non plus. Mais monsieur Aubry affirme que Séraphin dit vrai. J'espère que nous toucherons terre bientôt. J'ai dit à monsieur Aubry que je n'en pouvais plus d'attendre de voir Montréal.

Le 18 août 1666

Aujourd'hui était jour de la Sainte-Hélène, ma sainte patronne. Je suis née il y a quatorze ans. À la maison, une petite réception se serait tenue après la messe, avec un menu spécial. Peut-être des moules. Je les ai toujours adorées. Papa, Catherine et moi serions allés nous promener au jardin.

Aujourd'hui, j'ai franchi le cap de mon enfance de petite fille.

Le 21 août 1666

Aujourd'hui, un épais brouillard nous enveloppe, comme un grand manteau gris chargé d'humidité. Le vent souffle à peine, et le vaisseau avance lentement. L'eau dégouline de toutes les voiles et de tous les cordages. J'ai rabattu le capuchon de ma houppelande et j'en ai resserré les côtés autour de mon cou. Malgré cela, l'humidité parvient à pénétrer sous le drap.

Le capitaine et tout l'équipage sont aux aguets. Un homme fait sonner la cloche. Un autre souffle dans la corne de brume. C'est pour avertir de notre présence les autres bâtiments croisant dans les parages. Des hommes sont montés dans la mâture pour guetter l'approche d'un autre vaisseau ou de ce que monsieur Aubry appelle des montagnes de glace. Elles dérivent de l'extrême nord, même à cette époque de l'année. Ces montagnes de glace sont terriblement dangereuses pour les bateaux, et on doit prendre garde de s'en approcher.

Le 24 août 1666

La brume est restée jusqu'au soir, hier. Séraphin dit qu'on a entendu la cloche d'un autre bâtiment pendant la nuit, mais les vigies ne l'ont pas aperçu. Et on n'a croisé aucune montagne de glace. J'aimerais bien en voir une, mais pas de trop près.

Ce matin, le brouillard s'est enfin dissipé ou, plutôt, notre vaisseau est sorti du banc de brume, que j'ai regardé s'éloigner derrière nous. Puis Séraphin a crié : « Terre! Terre en vue! »

Je ne voyais rien. Pas plus que les autres qui se tenaient sur le pont. Séraphin était perché tout en haut du grand mât. Comme j'aurais aimé pouvoir en faire autant. Quand il est redescendu, il a répété que la terre était en vue, au loin.

« La Nouvelle-France! » me suis-je écriée.

« Non, mademoiselle, ce n'est qu'une grande île nommée Terre-Neuve. Elle est tout entourée de grands bancs de poissons. La Nouvelle-France est plus loin, à l'intérieur des terres, a-t-il expliqué. La route est encore longue pour y arriver. »

Le capitaine a envoyé Séraphin chercher la carte marine dans l'entrepont, et j'ai bien vu que c'était vrai.

J'étais découragée. Combien de temps encore?

Le 25 août 1666

Des oiseaux!

Ce matin, il est arrivé un miracle! Cela m'a fait chaud au cœur et j'en étais tout émue. Il y a eu d'abord un petit oiseau, un genre de bouvreuil, je crois. Papa aurait sûrement pu dire de quelle espèce il s'agissait, même si je n'en ai jamais vu de semblable en France.

Puis il en est arrivé un autre, et un autre encore, tant et si bien que toute une troupe avait envahi notre bâtiment. Ils allaient se percher dans le gréement ou sautillaient sur le pont, à la recherche de petits insectes à croquer. Ils venaient même se poser sur la tête ou les épaules des gens, pour s'envoler la minute d'après. Kateri est allée chercher du biscuit qu'elle a émietté pour eux, mais ils ont préféré les charançons qui s'en sont échappés.

Monsieur Aubry dit que ce sont des oiseaux migrateurs, en route vers le Sud, et qu'ils ont choisi notre vaisseau comme perchoir pour se reposer. Ils pensent peut-être que notre bâtiment est une île. Ce serait merveilleux. Papa aurait été tellement content de les voir.

Après le souper, je suis remontée sur le pont. Plusieurs oiseaux gisaient, morts, sans doute à cause de la fatigue de leur voyage ou des coups de pied donnés par les marins.

J'ai été incapable de dormir cette nuit. Je me suis réveillée, mon oreiller imprégné de larmes, la tête remplie du souvenir d'un mauvais rêve dans lequel l'âme de

Catherine venait pleurer au-dessus des oiseaux morts. Je suis restée éveillée longtemps, à verser des tonnes de larmes dans mon oreiller.

Pourquoi la mort vient-elle gâcher le moindre bonheur qui vienne me toucher?

Le 26 août 1666

Trois des Marie disent que leurs dents branlent. La mastication des aliments est difficile. Nous avons tous des furoncles. Depuis des semaines, nous n'avons plus eu ni fruits ni légumes frais, et il ne reste même plus de chou. Le biscuit est dur comme le roc, et nous devons le faire tremper. Il reste du navet et de la betterave fourragère. Mais jamais personne n'irait jusqu'à manger de la nourriture pour bestiaux.

Le 27 août 1666

Je crois que, si Kateri n'était pas là, je n'aurais pas la force de continuer. Elle est devenue comme une sœur pour moi. Nous passons le plus de temps possible ensemble, là-haut sur le pont quand le temps le permet.

Les filles parlent sans cesse des hommes qu'elles vont épouser. Je n'en connais aucune intimement, mais ce sont de bonnes filles. Toutes les Marie ont perdu les rondeurs qu'elles avaient au départ de La Rochelle, mais elles sont toutes de bonne humeur. Je ne peux m'empêcher de penser à ma chère Catherine, à combien elle aurait eu hâte de rencontrer son Armand. Je devrai lui annoncer la triste nouvelle. J'espère qu'il n'en aura pas le cœur brisé.

Le 28 août 1666

Il a plu des cordes ce matin. Nous avons sorti des baquets et des seaux, et le capitaine nous a permis de prendre un peu de l'eau de pluie recueillie pour laver nos vêtements. Jusque-là, nous n'avions pu faire la lessive qu'avec de l'eau salée. Le linge en devient rugueux et désagréable à porter. Nous avons mis nos bas et nos chemises à sécher au grand soleil. Le vaisseau avait une drôle d'allure, ainsi pavoisé. Puis toutes les femmes se sont assises ensemble, dehors au soleil, occupées à repriser.

Quelques semaines auparavant, il aurait paru indécent d'étaler ainsi son linge de corps à la vue de tous. Mais là, après avoir vécu entassés les uns sur les autres, c'était sans importance. Après tout, ce n'est que de la batiste.

Une idée m'est venue, tandis que je travaillais. Je n'ai pas seulement mon coffre de vêtements, mais j'ai aussi celui de Catherine. Les tenues sont trop somptueuses pour Kateri ou pour moi. Je pourrais les vendre, je suppose, mais l'idée me chagrine. Les chemises iront bien à Kateri. Je sais que Catherine ne s'y opposerait pas.

Marie-grain-de-beauté et Marie-picotée m'ont aidée à reprendre les ourlets et les manches. Les larmes me sont montées aux yeux. Catherine était grande.

Monsieur Aubry n'était pas content. Il a dit que sa fille n'avait pas besoin qu'on lui fasse la charité. Il s'est calmé quand je lui ai expliqué que je faisais ce geste par amitié et non par charité. Voici ce que je lui ai dit exactement :

« Est-ce par charité que vous m'aiderez à trouver ma

parente, madame Moitié? Non. C'est par gentillesse. Votre fille est mon amie », ai-je dit, sans arriver à cacher un certain agacement dans ma voix.

Il s'est alors incliné devant moi et s'est excusé. Je ne comprends rien aux hommes.

Le 29 août 1666

Durant la nuit, nous avons remonté ce que Séraphin appelle le fleuve Saint-Laurent. Je n'ai jamais vu un aussi grand fleuve. Il est très large, comme le golfe, qui fait près de cinquante lieues.

Il y a des baleines dans ces parages. Certaines viennent très près de notre bâtiment. Elles sont blanches comme neige et ont l'air de sourire. Les marins les ont tirées au mousquet. Séraphin dit qu'elles sont bonnes à manger, mais aucune balle ne les a touchées. Elles ont disparu en plongeant. J'ai envie d'aliments frais, comme tous les autres, mais secrètement, je me suis réjouie que les baleines nous aient échappé.

Le 30 août 1666

Aujourd'hui, nous pouvons voir la rive. Ce ne sont que falaises et forêts. Je sais que la Nouvelle-France est une contrée sauvage où il n'y a que quelques villes, mais jamais je n'aurais imaginé ce que j'ai maintenant sous les yeux. Comment peut-on vivre dans un endroit pareil? Kateri est plus excitée que jamais. J'essaie de lire dans ses yeux et dans ceux de son père les couleurs des paysages qui habitent leur esprit.

Chaque soir, je me mets au lit encore plus désespérée. Je n'ai aucune idée de ce que sera mon avenir.

Le 31 août 1666

Monsieur Aubry est devenu plus avenant, même envers les Filles à marier. Elles lui font la cour ouvertement, surtout Marie-picotée. Après tout, c'est un bon parti, un veuf assez élégant et d'une certaine importance, avec son commerce. C'est vraiment drôle de les voir pratiquer leurs jeux de séduction sur lui. Il y réagit d'ailleurs assez bien.

« Vous pouvez battre des paupières tant que vous voulez, mesdemoiselles, mais je n'ai pas besoin d'une épouse », leur a-t-il dit aujourd'hui.

Monsieur Deschamps en a été choqué. Je pouvais le voir à la façon dont il a levé les sourcils et s'est mis à tortiller le bout de sa moustache.

« Seriez-vous au-dessus des lois, monsieur? a-t-il demandé. Notre Intendant, monsieur Talon, a décrété que tous les hommes devaient se marier s'ils voulaient conserver leur permis de traite. On m'a dit que vous faites la traite des fourrures. »

Monsieur Aubry ne lui a pas répondu. La tension était si visible que je jurerais avoir vu des éclairs jaillir entre eux. Je crois qu'il y a de l'orage dans l'air.

Le 3 septembre 1666

L'orage a éclaté pendant la nuit, et j'entendais le bruit des grosses gouttes de pluie s'écrasant sur le pont. Ça s'est poursuivi le matin et je n'ai pas pu faire ma sortie habituelle. En plus, le temps a tourné au froid, de manière très soudaine, comme on dit que cela arrive en Nouvelle-France.

Quelques filles se sont assises ensemble pour repriser des bas. Deux autres se coiffaient l'une l'autre avec des rubans. J'ai préféré retourner dans ma petite cabine. Leur bavardage me donne parfois mal à la tête.

J'ai entendu frapper à ma porte et j'ai demandé qui c'était. C'était Kateri. Elle apportait quelque chose dans un panier. C'étaient des balles de laine pour tisser des jarretières pour son père. Elle le fait très habilement, seulement avec ses doigts. Elle dit que toutes les petites Iroquoises apprennent à tisser de cette façon. Minette s'amusait avec les balles de laine et avait l'air de trouver cela aussi amusant que d'attraper des rats. J'ai le frisson juste à penser à ces bestioles.

J'ai pris mon tricotin. Kateri tissait sa jarretière tandis que je fabriquais ma cordelette. Nous avons passé l'après-midi dans le calme et la tranquillité. Il n'est pas nécessaire de parler tout le temps. Le silence, en particulier celui qui s'installe entre deux amies, est parfois précieux.

Je me demande où Catherine aurait été le plus à l'aise. Ma pauvre Catherine! Ce soir, je vais dire encore une dizaine de chapelet pour le repos de son âme.

Une chose m'intrigue dans ce que Kateri m'a dit au sujet des petites Iroquoises qui apprennent à tisser avec les doigts. Se considère-t-elle comme une Iroquoise? Il serait impoli de lui poser la question.

Le 6 septembre 1666

Monsieur Deschamps a encore fait pression sur moi, cette fois-ci par l'intermédiaire de madame Laurent, qui est venue me voir sur le pont où je me trouvais avec Kateri. Ce n'est pas qu'elle n'a pas été gentille, mais ce qu'elle m'a dit m'a laissée mal à l'aise.

« Votre sœur était une Fille à marier, Hélène. Le Roy a fourni la somme nécessaire à la traversée, et vous lui en êtes redevable. Ne voudriez-vous pas remplacer votre sœur? Le Roy a besoin de jeunes femmes prêtes à se marier et à avoir des enfants afin de peupler la Nouvelle-France. »

Ne sachant que répondre, j'ai grommelé que j'y penserais. Ma réponse a semblé la satisfaire. Madame Laurent m'a saluée d'un « bonjour » et s'est retirée.

Je n'ai personne à qui demander conseil.

Le 8 septembre 1666

Ce matin, comme chaque semaine, le père Denis a entendu les Filles en confession. Puis elles ont assisté à la messe, l'âme pure et vierge de tout péché. Je n'ai fait ni l'un ni l'autre, car je sens que Dieu m'a abandonnée depuis la mort de Catherine. On m'a lancé de drôles de regards, mais personne ne m'a fait de reproches. On me laisse tranquille.

Le 9 septembre 1666

Pendant longtemps, notre univers a été limité au vaisseau et à ses occupants. Puis il y a eu des arbres, des falaises et des oiseaux, et aujourd'hui, nous avons vu des gens. Notre bâtiment voguait à contre-courant, poussé par un fort vent arrière. Soudain, trois canots ont surgi, fendant les flots comme si de rien n'était. Dedans, il y avait des Indiens, qui ne ressemblaient à aucun être humain que j'ai rencontré jusqu'à présent. On comptait plus ou moins dix hommes répartis dans trois embarcations, des canots de guerre, comme Séraphin me l'a expliqué. Et ces Indiens, il les appelait « les Sauvages ».

Je dois avouer que mon cœur a fait un bond quand j'ai entendu l'expression « canots de guerre ». Récemment, il m'est arrivé d'entendre les hommes parler entre eux sans qu'ils sachent que j'écoutais. Ils ont parlé d'attaques et d'enlèvements, de personnes faites prisonnières et d'autres choses du genre. J'avais la gorge sèche à la pensée que les Indiens dans ces canots pourraient nous attaquer.

Me voyant ainsi tendue, Kateri m'a dit : « Il ne faut pas avoir peur d'eux. Ce sont des Micmacs qui viennent faire la traite. »

C'était vrai. Les canots sont venus tout contre notre bâtiment. Leurs occupants riaient et nous apostrophaient dans leur langue. Ils semblaient plutôt accueillants, malgré les casse-têtes dont ils étaient armés. Ils étaient presque nus, portant une sorte de pagne autour des reins. Kateri m'a confié que son père en porte souvent un. Je vais essayer de ne pas y penser.

Même si personne ne comprenait ce que les Indiens nous disaient, leurs intentions étaient claires. L'un d'eux a brandi un quartier de venaison. Deux autres nous ont montré une paire de canards. La viande nous a été donnée, et un matelot leur a remis en échange une bouteille de verre sombre.

Je ne sais pas pourquoi, mais j'ai regardé le visage de monsieur Aubry juste à ce moment-là. J'aurais cru qu'il serait content que nous ayons de la viande fraîche à nous mettre sous la dent. Au lieu de cela, il avait l'air en colère, les sourcils froncés. J'ai entendu le bruit de ses pas quand il est descendu dans l'entrepont. Ni lui, ni Kateri n'ont mangé de cette viande.

« Ils ont échangé de l'eau-de-vie contre cette viande, m'a-t-elle expliqué plus tard. C'est contraire à la loi, même si certains continuent de le faire. Papa n'aime pas ça du tout. »

Quant à moi, je n'ai rien mangé ce soir, mais ce n'est pas à cause de l'eau-de-vie. Je ne me sens pas bien du tout.

Le 13 septembre 1666

Je me suis réveillée et, si je n'écris pas tout de suite, je vais me rendormir. J'ai été malade. Madame Laurent dit qu'il a fallu trois jours avant que la fièvre ne tombe et que, hier soir, le père Denis a bien failli me donner l'extrême-onction, car on a cru que j'allais mourir. Quand il m'a demandé de me confesser pour la dernière fois, j'ai tourné la tête. Madame Laurent m'assure que c'est la fièvre qui m'a fait agir ainsi.

Kateri est venue me voir. Elle dit que les autres filles racontent que j'ai péché en refusant les derniers sacrements. Elles font sans cesse des signes de croix.

« Papa a agi de la même façon quand maman est morte. Il en a voulu au bon Dieu pendant longtemps. Ma grand-mère et mon grand-père iroquois disent que tout finit par passer. »

J'étais faible et somnolente, mais je sais que je l'ai entendue parler de ses grands-parents. Voilà autre chose, mais je suis vraiment trop mal en point pour y réfléchir. Je dois poser ma plume avant qu'elle ne me tombe des doigts et ne tache encore une fois la courtepointe.

Le 14 septembre 1666

Il n'y a pas de mots pour dire à quel point je me sens lasse. Je me suis sentie assez forte pour sortir un petit moment à l'air libre, aujourd'hui, et j'ai aperçu une ville au loin. C'est Québec. Je ne sais pas ce que je m'attendais à voir. Papa disait toujours qu'il ne faut jamais trop espérer afin de ne pas être déçu. Je comprends ce qu'il voulait dire, mais je ne peux m'empêcher de le faire quand même. Cette ville aurait pu se réduire à une unique masure avec un cochon dans la cour et j'aurais été ravie de voir enfin un lieu habité par des gens. J'avais beaucoup d'espoir à propos de la Nouvelle-France, et de voir ce lieu au milieu des immensités sauvages m'a profondément émue.

Au fur et à mesure que notre vaisseau s'approchait, je pouvais voir combien le site choisi pour fonder Québec est splendide et imposant. De grandes falaises s'élèvent au-dessus de la ligne des arbres qui bordent le fleuve. J'ai soulevé Minette dans mes bras afin qu'elle puisse voir.

« C'est le Cap-aux-Diamants », a dit monsieur Aubry.

Il était à mon côté, contre le bastingage. Monsieur Aubry, comme j'ai pu le constater, sait marcher si doucement qu'il peut s'approcher de vous sans que vous vous en aperceviez. Sur le vaisseau, tous les hommes portent des chaussures de gros cuir, mais lui porte ce qu'il appelle des mocassins, qui sont des espèces de pantoufles fabriquées par les Indiens avec du cuir d'orignal.

Il a parlé sans même me regarder. Kateri est venue se joindre à nous. Il a enlacé sa fille, puis s'est mis à parler comme si nous n'étions pas là. Autrefois, il y avait là un village indien que Jacques Cartier a visité. Stadaconé, l'appelait-on. Puis Samuel de Champlain, mort depuis longtemps déjà, y a érigé un poste de traite qu'on appelait l'Habitation. Et c'est là que se dresse aujourd'hui la ville de Québec.

Il a cessé de parler pendant un moment, puis m'a regardée. « Le commerce des fourrures est au cœur de tout ici, mademoiselle. Le commerce et le mariage, la guerre et la paix, tout tourne autour de la traite des fourrures. Vous voyez ces canots? » a-t-il dit en pointant du doigt des embarcations qu'on voyait au loin venir vers Québec.

« Des fourrures, mademoiselle. Ils sont remplis de centaines de peaux. Il y aura beaucoup d'activité dans la ville et, ce soir, les traiteurs seront fatigués de leur grosse journée. »

Quand il a dit le mot fatigué, je me suis rendu compte à quel point je l'étais moi-même. J'ai demandó qu'on m'excuse et me suis retirée dans ma cabine pour me reposer et réfléchir un peu. Tout tourne autour de la fourrure, a-t-il dit. Je me demande ce que cela a à voir avec ma propre vie?

Le 15 septembre 1666

Nous avons mouillé l'ancre dans la rivière, à quelque distance de ce que Séraphin appelle la basse-ville. Le soleil resplendit, il n'y a pas un seul nuage dans le ciel, et l'air est vivifiant. Des canots remplis d'Indiens et de coureurs des bois (c'est ainsi qu'on nomme les hommes qui partent au loin faire la traite des fourrures avec les Indiens) passent devant nous, transportant d'énormes ballots de pelleteries. À peine quelques hommes jettent un coup d'œil à notre bâtiment au passage. Ils vont, le regard fixé droit devant, vers leur ultime but, qui semble être la ville elle-même. Nous aussi, nous mettrons pied à terre pour nous approvisionner et nous balader un peu.

Le 16 septembre 1666

Ma décision est enfin prise. La gravité de ce que je viens de faire m'empêche d'aller dormir. Écrire me soulage l'esprit. Je vais prendre la place de Catherine comme Fille à marier. Quand je l'ai dit à Kateri, elle a fait de grands yeux et s'est excusée avant de se retirer. Bien sûr, je sais qu'elle courait le rapporter à son père. J'ai été surprise de la vitesse à laquelle il est venu me rejoindre sur le pont.

« Vous êtes certaine? m'a-t-il demandé, inquiet. Je veux dire, il n'y a rien de mal à accepter de devenir une Fille à marier, mademoiselle. De bons mariages se sont conclus de cette manière. L'erreur serait de vous y sentir obligée. »

Je lui ai assuré que j'agissais de mon plein gré. Je lui ai expliqué que mon avenir était trop incertain et que, ainsi dotée et en l'absence d'autres choix, je pourrais au moins faire un bon parti. Autrement, il n'y avait aucun espoir. Je ne me marierai pas à la hâte. J'ai ajouté que ce serait sans doute facile, puisque je n'étais pas le genre de fille à faire tourner les têtes des hommes sur son passage.

Monsieur Aubry en pleurait de rire. Heureusement, je ne m'en offusque pas.

Il s'est essuyé les yeux et a dit : « Merci, mademoiselle. Je vois que je peux compter sur vous pour mettre un peu de gaieté dans ma journée. Vous n'êtes pas de ce genre-là, en effet. »

J'ai senti comme un pincement au cœur, de le voir ainsi opiner, quand soudain il a ajouté : « Peut-être pas faire tourner les têtes, mais faire perdre la tête, ça oui! » Puis il m'a saluée et est descendu dans l'entrepont.

Maintenant que j'y réfléchis bien, je ne suis pas certaine de ce qu'il a voulu dire exactement. Je suis contente de l'avoir fait rire. Il m'est pénible d'être seule, si pénible de ne pas avoir Catherine. Alors, de l'entendre rire me réconforte un peu.

Le 17 septembre 1666

J'ai discuté avec madame Laurent et monsieur Deschamps. Je suis devenue une Fille à marier.

Je n'ai vu aucune différence, ce matin, en m'habillant, en enfilant une chemise fraîche et ma tenue du dimanche, en drap vert forêt. Les manches sont longues et il faisait grand soleil, alors je n'ai pas pris ma houppelande.

Les Marie étaient sur le pont, toutes prêtes, quand je suis sortie. Oh, qu'elles étaient belles, dans leurs plus beaux atours et toutes joliment coiffées. Je suppose que, quand on cherche mari, il est important d'être bien mise à tout moment. Même Marie-manque-une-dent était particulièrement jolie. Elle avait un si beau sourire et riait tant qu'on en oubliait sa dent manquante. Mais les Marie ne pouvaient rivaliser d'élégance avec monsieur Deschamps, qui est apparu en culotte bouffante et fines chaussures à rubans.

Deux des barques de sauvetage du vaisseau ont été mises à l'eau, et on nous y a fait descendre. Monsieur Deschamps est monté dans l'une, avec le capitaine et les Filles. Je suis montée dans l'autre, avec madame Laurent, Kateri et son père. Séraphin était là, également. Les deux barques transportaient aussi quelques marchands dont le voyage se terminait à Québec. Tous étaient armés. L'un, d'un tromblon et les autres, de mousquets, tout comme monsieur Aubry. À la dernière seconde, Minette, qui s'était échappée de ma cabine depuis un certain temps, a atterri sur mes genoux et a décidé d'y rester. Si je partais à l'aventure, elle n'allait pas manquer cela! Séraphin m'a tendu un bout de ficelle que j'ai nouée à son collier. On dirait qu'il a toujours un bout de corde dans le fond de ses poches.

« C'est excitant, n'est-ce pas? » s'est écrié Séraphin. Monsieur Aubry a souri. Il ne voulait pas le laisser paraître, je crois, mais il a aussi hâte que chacun d'entre nous.

J'ai crié « Oui! » à Séraphin. Je ne tenais plus en place. Après tant de temps passé sur ce vaisseau, la perspective de poser bientôt mon pied sur la terre ferme était délicieuse. C'est alors que madame Laurent s'est penchée sur moi et m'a pincé le bras. Puis elle m'a dit tout bas que mon comportement n'était pas convenable de la part d'une Fille à marier. J'étais si surprise que je suis restée là, sans voix, à me frotter le bras. Elle semblait si gentille jusque-là, mais certaines personnes changent quand leur fierté est en cause.

Puis j'ai senti ma colère monter. Je n'ai jamais rien écrit à ce propos, car ce n'est pas le genre de choses qu'on aime étaler au grand jour, mais je dois avouer que je m'emporte facilement. Papa disait souvent que j'avais le caractère fougueux de maman quand elle était encore une jeune fille. Est-ce que maman a eu à se battre contre l'adversité comme j'ai à le faire maintenant?

Mon tempérament a pris le dessus. Je ne pouvais plus me retenir. J'ai tiré la langue à madame Laurent.

Elle allait encore me pincer quand monsieur Aubry est

intervenu pour dire d'une voix douce : « Vous feriez bien de vous agripper au bord de la barque, madame Laurent. Songez donc comme l'eau serait froide si, par malheur, quelqu'un venait à buter contre vous et vous faisait basculer. Savez-vous nager, madame Laurent? »

Madame est devenue toute violette, a ouvert puis refermé la bouche à plusieurs reprises, comme les carpes dans le bassin du *Cadeau*, puis a saisi le bord d'une poigne solide.

Je crois que personne ne s'est aperçu de rien. Les Marie bavardaient, Kateri avait le cou tendu pour mieux voir la ville, et les marins étaient occupés à ramer et à diriger la barque. J'ai cherché monsieur Aubry du regard. Il n'a rien dit, mais il a fait un petit signe, et j'ai compris qu'il avait vu ce qu'avait fait madame Laurent.

Les barques ont accosté, et les matelots ont lancé des cordages aux hommes qui étaient là à nous attendre, puis ils nous ont aidés à descendre. J'ai ramassé mes jupes, tout en pensant à ce que monsieur Aubry avait dit à propos de la froideur des eaux du fleuve. Je n'avais aucune envie d'aller m'y tremper.

J'ai du caractère, mais je ne suis pas rancunière. J'ai tendu la main à madame Laurent quand je l'ai vue trébucher. Elle s'est d'abord montrée surprise, puis a marmonné que j'étais une drôle de fille. À vrai dire, si je me suis rapprochée d'elle, c'est aussi parce que, moi-même, j'avais de la difficulté à tenir debout. Ce qui m'était apparu comme la terre ferme ne semblait pas l'être tout à fait. Tout tanguait autour de moi, comme si j'avais encore été sur *Le Chat blanc*.

Et les autres n'étaient pas mieux que moi. Les Filles à marier se cramponnaient les unes aux autres, et même monsieur Deschamps titubait tant qu'il a failli en perdre son beau chapeau de castor.

« Marcher vous fera du bien, a dit monsieur Aubry en riant. Il faut vous réhabituer au plancher des vaches. »

J'ai déposé Minette, car elle se débattait dans mes bras. Elle avait hâte de fouler elle-même le sol de la Nouvelle-France. Mais, une fois par terre, elle s'est mise à tituber autant que moi. Nous sommes partis par la rue, malgré cette étrange sensation. À chaque pas, on aurait dit que la rue était soulevée par une vague, comme notre vaisseau lorsque nous voguions en pleine mer.

Il y avait beaucoup d'hommes, dans ce qu'on appelle la basse-ville. Parmi eux se trouvaient des Indiens qui venaient de décharger de leurs canots des ballots de pelleteries. Il y avait aussi des marchands de la ville, des coureurs des bois et des habitants venus régler des affaires. Ils avaient cessé toute activité. On les entendait parler tout bas et rire beaucoup moins discrètement, tandis qu'ils nous examinaient l'une après l'autre.

C'était un choc, je dois l'avouer. Jusque-là, je ne m'étais pas vraiment sentie appartenir au groupe des Filles à marier. Je me sentais différente d'elles, sans pour autant me sentir supérieure. Je n'étais pas partie pour la Nouvelle-France dans le but de m'y marier. Je n'avais pas passé des semaines entières à parler de mon futur mari. Je n'avais pas revêtu ma plus belle tenue afin de plaire à un de ces hommes. Et pourtant, ils semblaient croire que j'en étais une. Cela m'a troublée.

Personne ne m'a importunée. Monsieur Deschamps, par sa seule présence, semblait s'en assurer. Un des hommes, à l'air prospère avec son gros ventre rebondi, a pris monsieur Deschamps à part, afin de lui demander quelque chose. J'ai tendu l'oreille, mais je n'ai rien entendu.

L'homme a secoué la tête et haussé les épaules en disant : « C'est dommage. Ces jeunes personnes sont destinées à nos compères de Montréal. Ils ont de la chance, et il ne nous reste plus qu'à prier pour que quelques-unes d'entre elles décident, comme elles ont le droit de le faire, de rester parmi nous. »

Monsieur Deschamps s'est excusé, puis nous a emmenées dans une auberge où nous allions pouvoir nous restaurer. Du regard, j'ai cherché Kateri et son père, mais ils avaient disparu dans la foule des badauds. Séraphin était occupé à charger de la marchandise, comme le capitaine le lui avait ordonné.

Le pain frais et le fromage étaient délicieux, et l'aubergiste ne s'est pas formalisé de la présence de Minette dans son établissement. J'aurais préféré partager ce repas avec Kateri.

Plus tard, nous sommes redescendus par la rue, jusqu'à nos barques. Les hommes nous ont encore une fois regardées passer, d'un air poli et jovial, mais tous clairement en quête d'une femme à marier. Marie-grain-de-beauté faisait du charme à un habitant. Les gens ont éclaté de rire, un homme s'est mis à chanter, et tout le monde semblait heureux.

Puis quelqu'un a interrogé monsieur Deschamps à propos de la fille aux yeux si noirs et au regard si perçant. Kateri était au bord de l'eau avec son père. Elle a souri en me faisant signe de la main. Il était clair que l'homme parlait d'elle. Monsieur Deschamps a levé les sourcils et s'est tamponné les lèvres du bout de son mouchoir avant de répondre à voix basse, mais tout de même assez fort pour que je puisse l'entendre.

« Une bâtarde. Une métis, a-t-il dit. Elle est de sang mêlé. Vous n'allez pas la choisir, alors qu'il y en a tant de bon sang français, toutes des Filles à marier. »

L'homme a alors fait une blague, laissant entendre que ce seraient plutôt les filles qui feraient leur choix. Quant à moi, je n'avais pas le cœur à rire, car mon après-midi venait d'être gâché.

Le 20 septembre 1666

Au moment où j'écris ces lignes, je me trouve dans une petite auberge qui s'appelle *L'érable*. Ce nom lui vient de l'abondance de cette espèce d'arbre en ces contrées. Je ne suis pas seule. Kateri dort à mes côtés, les couvertures remontées jusqu'aux yeux.

Il est arrivé une chose terrible. La nuit dernière, un incendie s'est déclaré dans la cuisine de notre vaisseau. J'étais profondément endormie, Minette enroulée à mes pieds, quand des cris m'ont réveillée. Une femme hurlait, j'entendais des bruits de pas et, soudain, la porte de ma cabine s'est ouverte. Madame Laurent était là, en robe de nuit, un châle jeté sur les épaules et les yeux remplis d'une immense frayeur. Des volutes de fumée s'enroulaient autour d'elle.

« Il faut sortir, Hélène, s'est elle écriée. Vite! » Et elle a disparu en courant.

J'ai attrapé ma houppelande et l'ai jetée sur mes épaules, puis je me suis arrêtée et suis restée immobile quelques instants. Tout ce que je possède sur cette terre se trouve dans cette petite cabine. Mon coffre et celui de Catherine, et mes couvertures de lit. Que pourrais-je donc emporter avec moi? J'ai alors pris les deux choses qui étaient les plus importantes à mes yeux, c'est-à-dire la pochette où se trouvaient ce cahier et le journal de papa, et Minette, qui semblait vouloir rentrer dans le plancher tant elle était terrassée par la peur, la pauvre. Quand je l'ai prise dans mes bras, elle tremblait de tous ses membres.

J'ai réussi à remonter sur le pont. Jamais je n'ai tant apprécié l'air frais qu'on respire à pleins poumons. Je me suis appuyée au bastingage pendant quelques minutes, secouée de toux et cherchant à retrouver mon souffle. Les marins couraient dans tous les sens. Ils faisaient la chaîne avec des seaux d'eau, jusqu'à la cuisine.

« Ça paraît pire que ça ne l'est », a dit Séraphin. Il était dans la barque qui flanquait le vaisseau, là même où se trouvaient madame Laurent, monsieur Deschamps et les Marie, tous assis sur les bancs, serrés comme des sardines, avec notre prêtre. « Mais il vous faut descendre à terre, par mesure de sécurité », a-t-il ajouté en me tendant la main.

Monsieur Aubry nous a hélés à ce moment-là. De son bras, il serrait Kateri, toute tremblante. Il avait pris son mousquet. « Il reste sûrement de la place pour elle », a-t-il dit. Monsieur Deschamps a fait non de la tête, tout en grommelant que nous étions déjà trop nombreux et qu'elle pouvait attendre la prochaine barque.

« Venez, Hélène, m'a dit madame Laurent. Nous vous avons gardé une place. »

Je ne me rappelle plus si c'est une sensation de froid ou de chaud qui m'a saisie aux entrailles. La colère me fait cet effet.

Les Marie ont assuré qu'elles pouvaient se serrer encore un peu plus, se faire encore plus petites.

« J'attendrai aussi », ai-je répondu en tournant le dos, et j'ai pris Kateri par la main. Elle pleurait, maintenant, à cause de l'affront qu'elle venait de subir. J'ai posé mon front contre le sien, ravalant mes larmes de colère. J'ai entendu Séraphin remonter dans le vaisseau, puis le bruit que font les rames en plongeant dans l'eau.

On a entendu un cri de joie. L'incendie était maîtrisé. Je suis descendue à ma cabine pour m'habiller convenablement. L'odeur âcre de la fumée me prenait à la gorge. Il fallait maintenant laver ou aérer mes couvertures de lit, de même que tout le linge. En soupirant, j'ai fait un paquet de ma robe de nuit et mis le tout dans le sac à linge. J'ai pris Minette dans mes bras et suis remontée à toute vitesse sur le pont.

Occupé à ramer dans la barque, monsieur Aubry était si fâché qu'il en était incapable de parler. Les Marie avaient toutes pris des airs horrifiés en entendant discuter monsieur Deschamps et madame Laurent. Moi-même je ne savais que leur dire, à lui et à Kateri.

Monsieur Deschamps avait emmené tout leur groupe dans une maison située sur la propriété du couvent des Ursulines. Je savais que je devais les y rejoindre et leur présenter mes excuses, mais je m'en sentais incapable. J'ai préféré suivre Kateri et son père jusqu'à l'auberge, où celui-ci a insisté pour payer ma chambre. Je soupçonne que je n'aurai droit à aucun égard quand je reverrai madame Laurent et monsieur Deschamps, demain, mais je suis beaucoup trop fatiguée pour m'en soucier davantage. Je meurs de sommeil.

Le 22 septembre 1666

Si je ne note pas minutieusement les événements de cet après-midi dans ce cahier, plus tard je croirai que j'ai rêvé. Petite-Marie et Marie-picotée vont se marier lundi prochain, car c'est le jour qu'ont choisi les prêtres d'ici pour célébrer les mariages. L'affaire s'est réglée aussi vite que cela. La Nouvelle-France est vraiment une contrée étonnante. Pas de temps pour se faire la cour, ni pour laisser naître l'amour. Si je ne l'avais pas vu, de mes yeux vu, je ne pourrais pas croire qu'un mariage peut se conclure de telle façon.

Nous avions quitté l'auberge pour retourner au vaisseau. Monsieur Deschamps, madame Laurent et les

Marie se tenaient au bord de l'eau. Deux hommes, des inconnus, étaient avec eux.

Petite-Marie discutait avec l'un d'eux, et Marie-picotée avec l'autre.

« Votre maison est-elle grande? »

« Combien de poules, avez-vous dit? »

« Votre vache, son lait est-il bien crémeux? »

« Vous êtes veuf avec six enfants à charge, monsieur. Je suppose qu'ils sont tous très bien élevés. »

Et ainsi, sans discontinuer. Puis monsieur Deschamps a conduit les deux couples chez le notaire.

« Ces mariages doivent être passés devant notaire, a dit madame Laurent tandis que nous retournions au vaisseau, comme tous les autres. Elles ont de la chance. Plus besoin d'aller jusqu'à Montréal. »

Je sais que Petite-Marie et Marie-picotée ont trouvé ce qu'elles étaient venues chercher ici. Elles feront leur vie avec un mari, à l'abri du besoin. Mais je continue de croire qu'il aurait été plus agréable pour elles de pouvoir prendre leur temps. Je n'en ai rien dit à personne, car tous semblent si heureux pour elles.

Le 23 septembre 1666

Encore de mauvaises nouvelles. *Le Chat blanc* ne naviguera pas jusqu'à Montréal. D'habitude, les grands voiliers ne le font pas, de toute façon, car il n'y a ni rade ni port là-bas pour les accueillir. Mais le capitaine avait dit que, pour cette fois, il le ferait. Maintenant, il ne veut plus, et rien de ce que monsieur Deschamps pourrait dire pour tenter de le convaincre ne le fera changer d'avis. De toute façon a dit le capitaine, la cuisine de notre bâtiment a subi plus de dommages qu'il n'y paraissait au premier regard, et les réparations doivent absolument être faites. Nous passerons donc une dernière nuit à bord, puis nous descendrons à terre avec notre bagage. Il a accepté de porter une lettre de ma part quand il fera voile vers la France. Il faut bien informer cousin Pierre de la mort de Catherine.

L'idée de retraverser l'océan à cette époque de l'année n'enchantait pas du tout l'équipage. La saison étant déjà très avancée, il fera froid et la route sera semée d'embûches. Certains disent qu'ils préfèrent rester ici, mais d'autres ne songent qu'à retourner en France et sont prêts à reprendre leur poste.

Les autres Marie étaient tout excitées à l'idée que le vaisseau nous dépose à Québec. Et moi aussi, mais sans le laisser paraître. Comment allons-nous nous rendre à Montréal? Monsieur Aubry a éclaté de rire. « En canot, évidemment. Comme les Sauvages le font depuis toujours. »

« Tu dois venir avec nous », a dit Kateri. Monsieur Deschamps n'était pas content du tout. Avant que je n'ouvre la bouche, il s'est mis à parler de chaperons et à dire que, si j'agissais de la sorte, ma réputation en souffrirait.

« Je n'approuverai tout ceci que si nous voyageons tous ensemble, insista-t-il. Mademoiselle St-Onge est une Fille à marier, ne l'oubliez pas! »

Les deux bras croisés sur son mousquet, monsieur Aubry semblait hésiter. En cet instant, son antipathie à l'égard de monsieur Deschamps était évidente. Pourtant, il l'a approuvé, allant même jusqu'à lui proposer de s'occuper de tous les arrangements. Aussitôt, les filles se sont remises à bavarder et à rêver à leur avenir.

Je me suis approchée de monsieur Aubry et l'ai remercié de sa gentillesse.

« Ne vous y trompez pas, mademoiselle, m'a-t-il dit. Je me passerais bien volontiers de monsieur Deschamps. C'est le genre de personne qui me met hors de moi. Ce que j'ai fait, je l'ai fait pour le salut de ces femmes et, bien sûr, pour le vôtre aussi. »

Puis, me voyant rougir, il a ajouté : « Sans vouloir vous offenser, Mademoiselle. Kateri a de la chance de vous avoir pour amie.

— Moi de même », lui ai-je répondu.

Et, tout en écrivant ces lignes dans mon lit, je me prends à penser que j'aurais pu lui dire que son amitié à lui me serait tout aussi précieuse, s'il voulait bien me l'accorder.

Le 24 septembre 1666

J'écris maintenant ces lignes dans un tout autre endroit, qui n'a rien à voir avec le vaisseau ou l'auberge.

J'étais presque triste au moment de quitter notre bâtiment, ce matin, car c'était devenu une seconde maison. Je le regardais rapetisser, au fur et à mesure que nos barques approchaient du rivage. Il me manquera, d'une certaine façon. On y était à l'étroit et ça sentait mauvais, surtout après l'incendie, mais c'était vraiment comme un second chez-moi. Et Minette, toute recroquevillée sur mes genoux, semble penser la même chose. Après nous avoir laissés descendre à terre, les barques sont retournées chercher nos coffres.

Cette fois-ci, j'ai suivi les autres filles jusqu'au couvent des Ursulines où Petite-Marie et Marie-picotée nous attendaient. Mais auparavant, je me suis arrangée pour serrer Kateri contre mon cœur et lui chuchoter à l'oreille que je la reverrai bientôt. Ensuite, j'ai fait la révérence à monsieur Aubry qui, en retour, s'est incliné légèrement pour me saluer. Puis, avec Kateri, il est parti prendre les dispositions nécessaires pour que des canots nous emmènent jusqu'à Montréal.

Le chemin était long pour arriver tout en haut de la colline. Là, des sœurs travaillaient au jardin attenant au couvent, où s'alignaient des rangées de choux et de plants de courges. Une odeur de bon pain chaud flottait dans l'air. J'en avais l'eau à la bouche, et ma tête se remplissait du souvenir de la maison que j'avais quittée, en France. Une des sœurs a alors relevé la tête et nous a souri.

Mère Marie de l'Incarnation, qui est la fondatrice du couvent, a eu la gentillesse de nous offrir des chambres pour la nuit. Elles ont l'air heureuses, ces femmes qui, par la prière et l'enseignement, vouent leur existence au bon Dieu. Elles ont une école qui est ouverte aussi bien aux filles des gens de la ville qu'aux petites Indiennes. Mère Marie de l'Incarnation parle leur langue, nous a confié madame Laurent, qui a ajouté qu'elle ne comprenait pas pourquoi on se donnerait la peine d'apprendre une telle chose.

Je n'étais pas d'accord avec elle, mais je n'en ai rien laissé paraître, car je n'avais aucune envie de me faire encore pincer le bras. Il faut que je demande à Kateri si elle est allée à l'école. Je ne sais même pas si elle sait lire. Quelle tristesse pour elle, si elle ne le sait pas!

Le 25 septembre 1666

Nos coffres nous ont été apportés aujourd'hui, et ensuite, tout le monde a été très occupé. Les mariages seront célébrés dans deux jours, et les deux Marie, Petite-Marie et Marie-picotée, sont très excitées. Elles ont toutes les deux reçu de leur fiancé une petite bague de laiton. Une bague de Jésuites, disent les sœurs. Elles la portent au majeur de la main gauche, comme il se doit, car la veine qui y court remonte directement jusqu'au cœur. Même s'il n'y a pas eu de temps pour les amourettes.

Les préparatifs de la noce ont duré presque toute la journée. Il y aura de la dinde, de la courge, du pain et du fromage. Monsieur Aubry est venu jusqu'ici pour parler à monsieur Deschamps et, quand Kateri et lui m'ont aperçue, ils ont éclaté de rire. J'étais couverte de plumes.

C'est la première fois de ma vie que je déplume une dinde. C'est bien plus facile avec les poulets, qui ne sont pas si gros.

Tout ce qu'on trouve ici semble être démesurément grand.

Le 26 septembre 1666

Bonne nouvelle. Séraphin quitte le vaisseau et s'en vient avec nous à Montréal. Là-bas, il signera un contrat d'engagé et pourra travailler pour un marchand ou un habitant. Cela m'a fait réfléchir. Séraphin sera libéré de son contrat au bout de trois ans. Mais moi, en me mariant, je signerai un contrat pour toute la vie.

Le 27 septembre 1666

Quelle journée! Je me suis finalement confessée à l'église, auprès d'un prêtre d'ici. Il fallait bien que je le fasse, puisque j'allais me rendre à l'église pour les mariages. Je dois avouer que je me sens soulagée d'un grand poids. Il y a un certain confort à retrouver des choses aussi familières. Le père Chesne a été gentil et compréhensif avec moi.

« Remettez-vous-en à Dieu, ma fille, m'a-t-il dit à voix basse. Il saura vous guider. »

Les mariages se sont faits de manière simple et agréable. À l'intérieur de l'église Notre-Dame-de-l'Immaculée-Conception, nous avons décoré l'autel de verges d'or et d'asters, qui poussent en abondance et à l'état sauvage. L'assistance était nombreuse, et chacun avait revêtu ses plus beaux vêtements pour l'occasion. Les deux mariées avaient mis leur belle robe du dimanche. Je leur avais donné à chacune de jolis rubans que j'avais pris du trousseau de Catherine, et elles les portaient bellement. Elles avaient les yeux si brillants et le sourire si grand fendu qu'elles n'avaient pas besoin de ces rubans pour être belles.

J'ai déjà assisté à des cérémonies de mariage en France. Mais ici, c'est un peu différent. Il y avait bien l'éternelle odeur d'encens et les hymnes habituels, comme le *Te Deum* et le *Gloria*. Le cérémonial de la messe est aussi semblable, de même que la manière d'échanger les vœux de mariage. Mais j'ai perçu une nette différence dans le sentiment d'espoir qui se dégageait de tout cela. Que l'église soit une modeste bâtisse destinée à résister aux assauts de toutes sortes semblait n'avoir aucune importance. J'aurais normalement dû me sentir submergée par le chagrin. Au contraire, c'est un sentiment de paix qui m'habitait, à la vue de ces deux couples.

Est-ce que j'allais, moi aussi, trouver le bonheur?

Le prêtre a tendu une bague à chacun des deux jeunes mariés. C'étaient les mêmes bagues de Jésuites que j'avais vues auparavant. Une fois bénies, les bagues ont été glissées au doigt de chacune des Marie. Elles avaient l'air d'être au septième ciel. Quand la cérémonie a été terminée, Marie-picotée s'appelait madame LaForêt et Petite-Marie, madame Doner. C'est ainsi qu'il me faudra les appeler, car ce sont maintenant des femmes mariées.

« C'est dommage, a dit madame Laurent d'une voix triste, en sortant de l'église. Ni elles ni leurs maris, ni même vous, mes filles, n'aurez droit aux vingt livres que l'Intendant Talon octroie, de la part du Roy, aux couples nouvellement mariés. Pour s'en prévaloir, une jeune fille doit être âgée de moins de seize ans et un jeune homme, de moins de vingt. » Puis, se tournant vers moi, elle a dit :

« Il n'y a que vous, Hélène, qui pourriez les réclamer. »
À bon entendeur, salut!

La noce était très agréable. Les hommes ont bu de la bière, une sorte de breuvage dégageant une drôle d'odeur, que les gens d'ici fabriquent avec des aiguilles de sapin. Il y a d'abord eu le banquet, puis le bal, même si les religieux d'ici n'approuvent pas que l'on danse. Les contredanses et les gigues à deux étaient vraiment très amusantes. Les partenaires ne manquaient pas, car tout le monde voulait participer à la fête. Il y avait des violoneux, un joueur de pipeau et même un orgue de Barbarie. Tout un orchestre! Même monsieur Aubry a posé son mousquet et s'est mis à danser. Moi qui croyais qu'il ne le ferait jamais!

« Il n'a pas dansé depuis la mort de maman, m'a confié Kateri. Il y a tant de choses qu'il ne fait plus parce qu'elles réveillent en lui son souvenir. Elle adorait danser aux fêtes des Iroquois. C'est merveilleux de le voir reprendre plaisir à ces choses. »

L'air songeuse, elle a alors penché la tête de côté avant d'ajouter : « Je crois que maman et toi, vous vous seriez bien entendues. »

Je crois qu'elle a raison. Je l'aurais aimée aussi. Comme les siens la chérissaient! Il n'y a rien de plus important au monde que de savoir inspirer l'amour.

Il y a des rumeurs de paix avec les Indiens. Un homme a raconté que les soldats du régiment de Carignan-Salières sont venus de France, l'année dernière, dans le but de protéger les établissements français. « Des villages iroquois ont été incendiés », a-t-il ajouté en ricanant méchamment.

Je ne connais rien à la guerre, mais je n'arrive pas à comprendre comment on peut atteindre la paix par un tel moyen. Mère Marie de l'Incarnation a tout laissé derrière elle, même son fils, pour venir ici afin d'aider les missionnaires à propager le nom de Dieu en ces contrées. Elle a appris la langue des Indiens. Elle a fondé le couvent des Ursulines. Elle a accueilli les Filles à marier avec une immense générosité.

Une telle bonté ne peut mener qu'à la paix, avec le temps.

Le 28 septembre 1666

Une chose que je craignais est finalement arrivée, et j'ai peine à la raconter. Peut-être qu'en commençant par les événements agréables de la journée, les mots me viendront-ils plus facilement pour le reste.

La noce s'est poursuivie jusqu'à une heure avancée de la nuit. Ce matin, j'ai dormi tard, c'est pourquoi j'ai manqué la messe. J'ai surpris des regards de reproche de la part de quelques religieuses.

J'ai ressenti le besoin de m'échapper. Après le déjeuner, je suis descendue dans la basse-ville avec Marie-la-muette. Minette marchait entre nous deux, la queue dressée en l'air. Marie-la-muette ne parle pas, mais elle sait écouter les autres, ce qui la rend d'agréable compagnie. Je ne sais pas si c'est par timidité ou par excès de prudence qu'elle n'ose ouvrir la bouche, mais qu'importe.

Elle sourit et répond par des signes de tête. Elle a un beau sourire et de grands yeux bleus. J'ai d'ailleurs remarqué que les hommes la regardent souvent avec admiration.

Kateri était là, avec son père, qui était fort occupé à ses affaires. Il avait organisé notre voyage vers Montréal, qui allait se faire dans de grands canots comme ceux des Indiens. Des hommes étaient maintenant occupés à y charger de gros ballots de marchandises, ainsi que des barils remplis de toutes sortes de denrées.

« Viens voir, m'a dit Kateri, en m'apercevant plantée là à regarder. Nous allons faire le voyage là-dedans. »

Je me suis approchée d'un des canots pour regarder de plus près. C'est une embarcation longue d'un peu plus de trois toises, c'est-à-dire plus que trois hommes étendus par terre bout à bout, faite d'une armature en bois recouverte d'écorce de bouleau. La coque est si mince que j'ai peine à croire qu'une telle embarcation puisse être sécuritaire. Mon inquiétude devait se lire sur mon visage.

« Comme vous pouvez le constater, c'est très solide, mademoiselle, m'a assuré monsieur Aubry. Ou bien ça s'emboîte, ou bien c'est fixé avec des racines d'épinette et calfeutré avec un mélange de suif et de gomme d'épinette. »

Minette a sauté dans le canot, puis s'est assise et s'est mise à sa toilette. Elle nous a tous bien fait rire. J'ai poliment remercié monsieur Aubry quand il l'a prise pour me la redonner.

« Ne te presse pas tant, chaton, lui a-t-il dit. Nous partirons très tôt demain matin. »

C'est alors que c'est arrivé. Un homme à la chevelure

grise, l'air amaigri et fatigué, s'est planté devant moi. Derrière lui se tenaient sept enfants, dont une grande fille presque de mon âge tenant dans ses bras un tout jeune bébé. Ils me regardaient avec curiosité. Sans perdre une seconde, l'homme s'est mis à exposer sa situation. Il est veuf, propriétaire d'une petite maison, avec des oies, une vache à lait et un peu de terre cultivable. Il est fort et, comme je pouvais le constater, c'est aussi un bon père de famille. Il a besoin d'une femme. Je suis une Fille à marier, n'est-ce pas? Le contrat pourrait être signé très rapidement, si je le voulais bien.

J'en suis restée bouche bée et je sentais la vapeur me sortir par les oreilles. Encore une fois, je me sentais comme un chou au marché, offert au plus offrant. Finalement, j'ai baissé les yeux en faisant non de la tête. Puis, le plus gentiment possible, je l'ai regardé dans les yeux et l'ai remercié de son offre, mais lui ai dit que je la refusais.

« Je dois me rendre à Montréal, ai-je répondu. Merci, monsieur. »

L'homme n'avait pas vraiment l'air déçu, ce qui m'a rendue encore plus perplexe. Par contre, l'air amusé de Kateri à la vue de cette scène m'a vraiment agacée. Je l'aime beaucoup trop pour vouloir me fâcher avec elle. Elle s'en est peut-être amusée, mais son père, pas du tout.

« Vous avez bien réagi, mademoiselle, m'a-t-il dit en pesant ses mots. Vous avez été gentille avec lui. C'est important, ici », a-t-il dit avant de reprendre son travail.

Avant que je ne reparte, Kateri m'a glissé à l'oreille que

je ne devrais pas mettre mon corset demain matin. Ce serait inconfortable puisque nous dormirons habillées tout au long de notre voyage vers Montréal. J'ai jeté un coup d'œil en direction de son père afin de vérifier s'il entendait ce qu'elle était en train de me dire. Visiblement, il l'entendait. Il faudra que je demande à Kateri si le conseil venait d'elle ou de lui.

Le 29 septembre 1666

La journée a été longue et éreintante. Quand je me suis levée, il faisait encore nuit et je me suis habillée à la lueur d'une simple chandelle. C'est le jour de la Saint-Michel-l'Archange, et nous aurions normalement dû assister à la messe, mais nous n'avons pas eu le temps. Des hommes attendaient à la porte du couvent pour descendre nos bagages dans la basse-ville.

Nous sommes descendus à pied après avoir avalé un modeste déjeuner, composé de pain, de fromage et d'eau. Il faisait un brouillard à couper au couteau. Ma houppelande est devenue tout humide, et mes cheveux se sont mis à frisotter de partout. Sur le rivage, les hommes qui étaient déjà dans les canots semblaient impatients de partir. C'est le plus beau moment de la journée, a dit l'un en riant. Comment peux-tu le savoir? a répondu un autre. Au moins, ils ont l'air de bonne humeur.

Les passagers ont été répartis dans six canots, afin d'équilibrer les charges, a expliqué monsieur Aubry. Je n'irais pas jusqu'à dire que ç'avait été arrangé d'avance, mais Séraphin, Kateri et son père feront le voyage dans le même canot que moi. Si c'était une coïncidence, quelle heureuse coïncidence!

Kateri était habillée aussi chaudement que moi. Nous avons toutes deux l'esprit pratique. C'est à ce moment que monsieur Aubry m'a servi la première de ses surprises. Je l'ai regardé, lui, puis monsieur Deschamps. Ils sont si différents!

Monsieur Deschamps était aussi bien mis que d'habitude, alors que monsieur Aubry s'était totalement transformé. Plus de chapeau de castor et plus de culotte à dentelles. Il était maintenant vêtu de la même manière que les autres hommes dans les canots. Il portait une grosse capote de laine serrée à la taille par une ceinture fléchée. Il était coiffé d'une tuque, et chaussé de mitasses et de mocassins.

Et il était armé. Il avait son mousquet, qui ne le quitte jamais depuis que nous sommes ici; un couteau et un casse-tête, que les Indiens appellent un tomahawk, étaient fichés dans sa ceinture fléchée. L'espace d'un instant, la vision d'un pagne m'a traversé l'esprit, mais j'ai vite chassé cette idée de ma tête.

Puis monsieur Aubry s'est éclairci la voix avant de me dire : « J'ai un présent pour vous, mademoiselle. »

Monsieur Deschamps a levé les sourcils, toutes les Marie se sont mises à glousser et madame Laurent a secoué la tête. En murmurant, j'ai dit que je ne pouvais pas recevoir de cadeaux.

« Ce n'est pas vraiment pour vous, mademoiselle, mais plutôt pour votre chatte, a-t-il expliqué. Elle peut sûrement accepter un présent sans que cela ne déclenche un scandale. »

C'était un panier muni d'une anse. Minette pouvait s'y caler pour dormir, sur un coussin moelleux à souhait. Installée de telle façon, elle ne pourrait pas tomber à l'eau, hors du canot. Minette a sauté dedans, a miaulé une seule fois, puis s'est roulée en boule. Le miaulement signifiait « merci », ai-je expliqué à monsieur Aubry. Il en a paru flatté.

On a aidé les femmes à monter dans les canots. Je me suis installée sur une chaise basse. J'ai replié les jambes et étendu une couverture sur mes genoux, le panier de Minette coiffant le tout.

Nous avons quitté Québec, et les hommes pagayaient ferme pour lutter contre le courant. Puis le brouillard s'est dissipé pour laisser place à un soleil resplendissant. Le fleuve est tellement beau, très large et très profond, avec ses eaux claires et tranquilles. Ce jour-là, j'ai vu un chevreuil, venu s'abreuver au rivage, et aussi une mère orignal, avec son petit qui était énorme.

S'il n'y avait pas eu de femmes à bord, les canots ne se seraient pas arrêtés avant la nuit. Mais nous étions là et, vers l'heure du midi, ils se sont arrêtés sur la berge et on nous a invitées à aller dans le bois. Un homme s'est d'abord assuré qu'il n'y avait pas de cette herbe qui cause de terribles démangeaisons.

Maintenant, il fait nuit. Je suis couchée sous le canot renversé, enroulée dans des couvertures, tout habillée. Je ne peux m'empêcher de me demander si madame

Laurent et les Marie ont renoncé à porter leur corset. Je leur ai transmis le conseil de Kateri, et maintenant, madame Laurent ne cesse de se tourner et de se retourner. Je crois que j'ai la réponse à ma question. J'espère qu'elle va s'arrêter de grogner.

Le 30 septembre 1666

Les hommes ont chanté. Ça les aide à garder la cadence en pagayant, et c'est beau à entendre. *En roulant ma boule* et *C'est l'aviron* revenaient souvent, les paroles parfois tournées en une version humoristique. Bien que cela ne convienne pas au rythme de l'aviron, madame Laurent nous a tous pris par surprise en entonnant *Au clair de la lune*. Le célèbre monsieur Lully a composé cette chanson pour la cour du Roy. Pour la millième fois, mes pensées m'ont ramenée au *Cadeau*. Mais il n'y avait aucun espoir de retour; nous ne pouvions que continuer d'aller de l'avant.

À première vue, Québec m'est apparu comme une modeste bourgade. Maintenant, je comprends que c'est vraiment un bastion de notre civilisation, fièrement érigé dans ces étendues sauvages. L'espace d'un instant, j'ai éprouvé un sentiment de peur. Mais tout de suite, j'ai tenté de regarder ces terres avec les yeux de papa. Cette nature intacte est si belle. Les arbres sont plus grands que tous ceux que j'ai vus auparavant. Comme j'avais parlé à voix haute, monsieur Aubry, qui pagayait juste derrière moi, m'a dit que c'est parce que les arbres de ces forêts n'ont jamais été abattus par l'homme.

Ils poussent ici depuis toujours, me suis-je dit, profondément émue. « Quelle merveille, tant de beauté, et vierge, en plus! » ai-je répondu en me retournant pour voir ce qu'il en pensait.

Il me regardait attentivement, d'un air songeur. « Plusieurs ne voient que des épreuves en ce pays, mademoiselle. Mais oui, je suis d'accord avec vous. Espérons que vous garderez toujours cette première vision de la Nouvelle-France. Elle vous imposera bien des défis à relever, vous savez. »

Ce soir, nous dormirons à la belle étoile, car le temps est au chaud. Je n'arrive pas à comprendre le climat d'ici. Dans une même journée, il peut faire froid, puis très chaud, et on ne sait plus comment se vêtir. C'est moins compliqué pour les hommes. Ils n'ont qu'à enlever ce qui leur donne trop chaud. Madame Laurent en est horrifiée.

Le 1ᵉʳ octobre 1666

Monsieur Aubry dit que la nourriture abonde à l'état sauvage dans le pays, à condition de savoir ce qui peut se manger. Si les Français acceptaient de se nourrir comme les Indiens, ils seraient bien plus heureux. Dans la forêt, il a ramassé des champignons à chapeau chevelu. Je les ai reconnus, car j'allais toujours en ramasser au bois pour papa, après la pluie. Par contre, je ne connaissais pas le grand champignon blanc qu'il avait aussi rapporté.

« C'est une vesse-de-loup, mademoiselle, m'a-t-il expliqué. Délicieux! »

Il l'a mise à sauter dans un poêlon, avec un peu de

saindoux. J'en ai pris une petite bouchée, juste pour goûter, puis une grosse platée, car c'était vraiment succulent.

Il paraît que là-bas, en France, le Roy, grand amateur de champignons, en fait cultiver pour pouvoir s'en délecter. Je me demande ce qu'il dirait de ces espèces de vesses-de-loup.

Le 2 octobre 1666

Vers midi, un canot s'est joint aux nôtres. Il était plein d'Indiens. Kateri, tout excitée, a dit quelque chose à son père dans une langue que je n'avais jamais entendue.

« Ce sont des Iroquois, m'a-t-elle dit, toute joyeuse. Ils se nomment eux-mêmes les *Kanienkehaka*, qui signifie " la nation de la pierre à feu ". Ils ne sont pas de notre village, mais d'un autre, voisin. On approche de chez nous, Hélène. Ils vont faire le voyage avec nous. »

Les Iroquois ne portent qu'un pagne. Madame Laurent dit que c'est indécent et que nous devons nous abstenir de les regarder. Évidemment, je ne l'écoute pas. Si j'évite de les regarder, comment pourrai-je ensuite apprendre à connaître ce pays et le décrire?

Ce sont des hommes bien musclés. Leur peau est foncée, tannée par le soleil, et ils l'enduisent d'huile. Ils ont le crâne rasé sur les côtés, et certains portent sur la tête une étroite bande de peau de chevreuil dont les poils se dressent à la manière d'une crinière de cheval. Kateri dit que ça s'appelle une crête. Ils portent aussi des boucles d'oreilles d'argent, et leur peau est couverte de dessins bleus. Ce sont des tatouages, m'a expliqué monsieur Aubry, que l'on fait en piquant ou en incisant la peau, puis en frottant immédiatement les blessures avec du charbon de bois. La peau reste alors colorée en permanence.

Je ne cesse de penser aux Iroquois et aux Aubry. À Québec, on appelle les Indiens « les Sauvages », surtout parce qu'ils ne sont pas des catholiques. À première vue, il se dégage de ces Iroquois quelque chose de sauvage et d'indompté qui est vraiment troublant. Pourtant, monsieur Aubry a épousé une Iroquoise, et Kateri est donc à moitié iroquoise, et ils n'ont rien de sauvage. Jamais monsieur Deschamps ni madame Laurent ne jetteraient un seul regard sur ces guerriers. Ce sont effectivement des guerriers, m'a confirmé Kateri. Sommes-nous en danger? Je n'en ressens aucun et, en pareil cas, papa m'a toujours dit de me fier à mon sentiment. Pour le moment, je crois que je vais faire confiance au jugement de monsieur Aubry.

Le 3 octobre 1666

Me voilà enfin à Montréal, où nous sommes arrivés cet après-midi. Il s'est passé tant de choses, bonnes et mauvaises, que je dois les raconter toutes.

Hier soir, nous les filles avons eu droit à de l'eau chaude pour nous laver les mains et le visage, derrière un écran de couvertures qui a été dressé légèrement en retrait du campement. Quatre hommes montaient la garde, le dos tourné aux couvertures. Les Iroquois, qui avaient planté leur camp un peu plus loin, avaient l'air de trouver cela très drôle.

Ce matin, nous avons revêtu ce que nous avions de plus frais comme vêtements, toujours derrière l'écran, et nous nous sommes coiffées les unes les autres. Les frisettes et les bouclettes ne sont pas tellement mon genre. J'ai fait tirer mes cheveux en un simple chignon, tenu par quelques épingles en écaille de tortue que j'ai prises du coffre de Catherine tout en récitant une prière pour le repos de son âme.

Nous avons levé le camp par un matin resplendissant. Nous étions à moins de dix lieues de Montréal. Le soleil passait au travers des feuillages et venait scintiller sur l'eau. Les feuilles des arbres sont de toutes les couleurs, en cette saison, rouges, jaunes et orangées. On dirait que les collines qui bordent le fleuve de chaque côté se sont embrasées. J'étais très excitée, mais au-dedans de moi, je me sentais angoissée. Comment Armand allait-il réagir à l'annonce de la mort de Catherine? Les Lecôté étaient sûrement des gens charmants. Ils trouveraient certainement le moyen de m'aider. Il vaut mieux que je prenne les choses une à la fois. Papa me disait toujours de bien réfléchir avant d'agir. Je n'ai jamais été très douée pour cela, mais il faut que je m'habitue à le faire.

J'ai retiré Minette de son panier de voyage et lui ai enfilé son collier autour du cou. Elle en a semblé très heureuse. Elle sait que laisse et collier annoncent une promenade!

Elle doit être un bon chat et se laver la figure avec sa

patte, lui ai-je chuchoté à l'oreille, car elle doit faire bonne impression sur les Lecôté lors de cette première visite.

Bientôt, on a distingué Montréal dans le lointain, qui grossissait au fur et à mesure qu'on avançait. Là aussi, le plateau et la colline avaient revêtu leur manteau de couleurs. La ville était ceinturée d'une palissade. Puis j'ai vu des gens qui étaient sortis de l'enceinte pour faire paître leurs bêtes dans le champ communal.

Mon cœur s'est mis à battre la chamade. Je n'étais pas la seule à être si nerveuse. Marie-grain-de-beauté récitait son chapelet, les yeux bien fermés, Marie-manque-une-dent s'éventait énergiquement avec son mouchoir, et Marie-la-muette s'agrippait aux bords du canot avec tant de force que ses jointures en étaient toutes blanches.

Nous avons accosté juste avant que le soleil ne disparaisse derrière un grand voile de nuages pourpres. Une foule nombreuse s'était rassemblée sur la grève.

Monsieur Aubry était en train d'expliquer quelque chose à propos d'une foire aux pelleteries quand un homme, sur la grève, a lancé un « Vive le Roy! » qui a fait se retourner tous les autres. Un vent d'excitation a semblé immédiatement les traverser.

« Les Filles à marier! Les Filles à marier! » Ce cri a traversé la foule des badauds, comme le feu mis aux poudres, et les hommes se sont rués vers nos embarcations.

Les canots ont été tirés sur la grève et, une à une, les filles et madame Laurent ont été descendues avec tant de précautions qu'on aurait dit un arrivage de poupées de porcelaine. Les hommes nous dévisageaient, tandis que nous nous frayions un passage à travers la foule. Ils n'étaient pas menaçants le moins du monde, seulement curieux et ravis de nous voir.

« Ton compte est bon! » a dit l'un en riant et en donnant une grande tape dans le dos de son compagnon.

« Tes jours de liberté sont comptés, mon ami! » a dit un autre.

Mais plusieurs fronçaient les sourcils, à les entendre ainsi badiner.

Madame Laurent nous a expliqué que certains ne souhaitent pas se marier, mais qu'ils n'ont pas le choix. « Ne vous occupez pas de ceux-là, a-t-elle dit. La plupart sont disposés à le faire. » Puis, sur un ton de grande autorité, elle a déclaré : « Nous allons mener les filles chez la sœur Bourgeoys, monsieur Deschamps. Je veux qu'elles y soient toutes installées, car je retournerai à Québec dans quelques jours. » Puis, se tournant vers nous : « Vous, mes filles, sachez que vous serez à l'abri et en sécurité chez elle. »

Mon cœur a cessé de battre un instant. Je n'avais aucune envie de me rendre à la maison de la sœur Bourgeoys. Je dois trouver la maison des Lecôté, lui ai-je rétorqué. Aussitôt, monsieur Deschamps m'a interrompue pour me dire, de manière très autoritaire, que je devais suivre les autres filles.

Monsieur Aubry est alors intervenu et a dit d'une voix sourde : « Mademoiselle St-Onge est peut-être une Fille à marier, monsieur Deschamps, mais elle a ce dernier devoir à remplir à l'égard de sa sœur. »

Il a ainsi cloué le bec à monsieur Deschamps, comme au dernier des derniers, puis, se retournant vers moi : « N'ayez crainte pour votre sécurité, mademoiselle. Je vous mènerai chez les Lecôté. Puis je vous escorterai, avec vos bagages, jusqu'à la maison de la sœur Bourgeoys, avant de ramener Kateri chez nous, à mon atelier. Tu peux nous accompagner, Séraphin, si tu veux. Je peux te loger en attendant que tu trouves à te placer. »

« Merci, monsieur », a répondu Séraphin, visiblement soulagé.

Monsieur Aubry a hélé un char à bœufs. Son propriétaire et Séraphin l'ont aidé à charger nos bagages. Oui, il connaissait la maison des Lecôté. C'était un bel édifice.

Minette, qui aime toujours à se jucher le plus haut possible, a bondi pour s'installer sur le dessus de la pile formée par nos coffres. Les Indiens ne cessaient de rire en la pointant du doigt. Kateri m'a serré la main, et je lui ai répondu par un timide sourire. Après avoir franchi la palissade, nous avons pénétré dans la ville, tandis que monsieur Aubry et Séraphin bavardaient avec le propriétaire de l'attelage.

Je ne garde aucun souvenir des fermes et des maisons que j'ai vues ce jour-là. J'étais si préoccupée par ce que j'allais dire à Armand que, quand les bœufs se sont arrêtés, j'ai continué de marcher encore pendant quelques secondes.

C'était une grande maison, du moins comparée aux

autres bâtiments de la ville. Les Lecôté sont des gens à l'aise. Catherine aurait été heureuse ici. Comme son bien-aimé Armand va être triste, dans quelques instants. Kateri a pris Minette dans ses bras afin de l'empêcher de me suivre. J'ai respiré profondément et lissé mes cheveux du plat de la main avant de m'avancer vers la porte. J'ai frappé une fois, puis j'ai attendu. Rien.

Je venais tout juste de lever le bras pour frapper une seconde fois quand une jeune femme a ouvert la porte. Elle a souri, jeté un coup d'œil au char à bœufs qui était derrière moi, dans la rue, entouré de badauds, avant de dire : « Bonjour, mademoiselle. Puis-je vous aider? »

J'ai demandé à parler à Armand Lecôté. Il n'était pas là, ni son père, m'a-t-elle répondu. Alors, j'ai demandé à voir sa mère.

Malheureusement, celle-ci n'était pas à la maison non plus, a répondu la dame gentiment.

Quand je lui ai expliqué que je devais laisser un message à Armand Lecôté, elle a paru surprise.

« Vous pouvez me confier ce message, mademoiselle, a-t-elle dit, car je suis l'épouse d'Armand. »

Quand je lui expliqué que je n'étais pas au courant qu'Armand ait été marié, elle a paru quelque peu embarrassée, mais s'est tout de suite reprise. Quel manque de tact de la part d'Armand, de ne pas avoir écrit, a-t-elle répondu. Mais n'arrive-t-il pas souvent que les hommes aient l'esprit embrouillé par l'amour? Ne voudrais-je pas entrer et attendre quelques instants afin de lui présenter mes hommages?

Non, merci. Mais elle pouvait annoncer à Armand que Catherine St-Onge était morte.

« De qui s'agit-il? » a demandé la femme d'Armand, l'air confus. Quand je lui ai tourné le dos pour m'en aller, elle m'a lancé : « Je dirai une prière pour le salut de son âme, mademoiselle. »

Je suis retournée au char à bœufs avec toute la dignité dont j'étais encore capable, malgré la pâleur de mon visage et les larmes qui commençaient à couler. Je ne voulais pas qu'on me voie pleurer. J'ai repris Minette des bras de Kateri, tout en jetant un regard du côté de monsieur Aubry. Il n'y avait aucun signe de pitié dans le regard qu'il m'a rendu, mais, en y repensant bien, je dirais que ses yeux étaient plutôt remplis d'admiration.

« Encore une fois, vous vous en êtes bien tirée, mademoiselle, a-t-il dit au bout de quelques secondes. Vous avez du cran. »

Je ne me sentais pas si courageuse que cela. Au contraire, j'avais les jambes molles, et encore plus quand je me suis rendu compte que je n'avais d'autre choix que d'aller chez la sœur Bourgeoys.

« Et madame Moitié? Nous pourrions mener Hélène là d'abord, plutôt que chez la sœur Bourgeoys, n'est-ce pas, papa? »

J'étais si désespérée que je n'ai rien pu dire. J'ai ravalé ma salive en approuvant d'un signe de tête. Comment Armand avait-il osé se marier? Pourquoi n'en avions-nous pas été informées par le courrier?

Nous avons continué notre chemin par la rue Saint-

Paul, comme nous a précisé le charretier. Je ne m'en rappelle pas vraiment, car mes yeux étaient remplis de
larmes d'amertume. Je battais des paupières, encore et
encore, pour les empêcher de couler, mais elles voilaient
tant mon regard que j'avais peine à voir Minette qui me
devançait, au bout de sa laisse. Kateri me tenait par
l'autre main et, de temps à autre, la serrait en signe de
réconfort.

Nous nous sommes arrêtés devant une maison dont la
porte avait été ouverte afin d'en changer l'air. D'aussi
loin que je me tenais, je pouvais entendre, venant de l'intérieur, des rires heureux et une douce odeur de mets
cuisinés. Mon estomac m'a trahie, et l'eau m'est venue à
la bouche, me faisant oublier mes larmes.

Le charretier et Séraphin sont restés dans la rue tandis
que nous entrions. Je suis d'une nature courageuse, mais
en cet instant, je sentais mes jambes trembler sous mes
jupes. Ma tante allait-elle me condamner sa porte?

Monsieur Aubry était en train de parler avec une
petite dame tout en rondeurs. De surprise, elle a ouvert la
bouche toute grande, s'est frotté les mains à son tablier et
s'est vite frayé un chemin à travers la foule des clients qui
nous séparait.

Elle m'a embrassée sur les deux joues, m'a serrée très
fort, puis m'a éloignée d'elle, à bout de bras, afin de bien
me regarder. « Hélène St-Onge. Jamais je n'aurais cru rencontrer ici un membre de la famille de mon mari. Une
Fille à marier, n'est-ce pas? Ha! Je suis prête à parier que
tu as toute une histoire à raconter là-dessus. Mais pour

l'instant, tu as besoin d'une bonne soupe et d'une bonne nuit de sommeil. Quel beau chaton! Les chats sont toujours les bienvenus chez moi, à condition d'être de bons chasseurs de souris. L'est-il, ma chère nièce? »

Je jure qu'elle a dit tout cela sans reprendre son souffle une seule fois.

J'ai remercié monsieur Aubry, tandis qu'on descendait mes bagages et qu'on les apportait à l'étage par un escalier très étroit.

« De rien, mademoiselle, m'a-t-il répondu avec un grand sourire. Kateri et moi dormirons l'esprit en paix, maintenant que nous vous savons entre bonnes mains. J'enverrai un mot à madame Laurent pour l'en avertir. Bonne nuit, mademoiselle.

— Bonne nuit, monsieur Aubry. Bonne nuit, Kateri. » Debout sur le pas de la porte, je les ai regardés s'en retourner vers le char à bœufs. Monsieur Aubry sifflotait un air. Kateri et lui semblent tellement plus heureux ici, maintenant qu'ils sont presque rendus chez eux.

Ma tante Barbe parlait encore. Elle a demandé à une servante de me monter un repas. Elle m'a ensuite menée dans une petite chambre et m'a dit que je devais manger, me laver les mains et le visage, me mettre en robe de nuit, dire mes prières et m'étendre sous les couvertures. J'allais bien dormir, a-t-elle ajouté, car le lit était garni d'un nouveau matelas rempli de mousse de quenouilles.

Et me voilà couchée dans un bon lit, bien au chaud sous les couvertures de ma tante Barbe.

Le 4 octobre 1666

Ce matin, ma tante Barbe n'a pas voulu que je me lève tôt, sous prétexte que j'avais besoin de récupérer. J'ai dormi jusque tard le matin. Le soleil était déjà haut dans le ciel quand elle m'a monté mon repas sur un plateau. Il y avait du fromage et du pain frais, un œuf à la coque et, incroyable, un pot de chocolat chaud. Et pour Minette, un bol de lait et un morceau de morue. J'étais tout émue devant tant de gentillesse.

Ma tante Barbe m'a tapoté la main. « C'est fini, maintenant, ma chérie. Plus tard, quand tu t'en sentiras capable, tu me raconteras comment il se fait que tu sois venue toute seule jusqu'ici. » Puis elle est repartie en coup de vent, donnant des ordres à la jeune fille qui est à son service.

Je dois avouer que je me sens un peu coupable, à rester ainsi étendue dans mon lit. Mais certainement pas assez coupable pour me priver d'une seconde tasse de chocolat.

Ce même soir

J'ai finalement raconté mon histoire à ma tante Barbe. J'ai pleuré, et elle aussi. C'est étrange de se sentir si triste quand on pleure, mais d'en retirer un tel réconfort quand on peut partager sa tristesse avec quelqu'un d'autre.

« Te voilà maintenant devenue une Fille à marier, Hélène. Il est donc de ton devoir envers le Roy de te marier en ce pays. Mais cela ne t'oblige pas à épouser le premier venu. D'ailleurs, tu es encore trop jeune. Rien ne presse. Prends tout le temps qu'il te faut pour faire ton choix. Je devine que tu es pleine de bon sens, mais il faut bien plus que cela pour faire un bon mariage. Jusqu'au moment venu, tu resteras avec moi. Ici, il y a toujours de quoi occuper une autre paire de bras. Je vais arranger la chose avec monsieur Deschamps, a-t-elle ajouté en reniflant. Il n'en sera sans doute pas ravi, mais il devra admettre que même si tu habites ailleurs, tu n'en demeures pas moins une Fille à marier. »

J'ai vite compris que ma tante Barbe adorait parler.

D'un air très sérieux, elle m'a regardée, pour me demander : « Tu as vécu toute ta vie seulement avec ton papa. Que connais-tu aux tâches ménagères? »

J'ai grommelé que j'avais quelques notions de cuisine, que je savais traire les vaches et que j'étais la championne de l'époussetage.

Elle a éclaté de rire. « Une femme mariée a besoin d'en savoir beaucoup plus, Hélène. Je vais faire de toi une épouse digne de l'heureux homme qui deviendra un jour ton époux. Ton père a bien fait les choses, mais c'est encore trop peu pour la vie qu'on mène en Nouvelle-France. »

On s'y mettra demain. Depuis mon départ du *Cadeau*, tant de choses ont changé dans ma vie. Ce n'est que maintenant que je peux me laisser aller à avouer comme cela a pu me sembler difficile et, par moments, sans espoir. Mais je sens que, pour un certain temps, mon monde va cesser de changer continuellement. Du moins, je l'espère et je prie Dieu pour qu'il en soit ainsi.

Le 5 octobre 1666

Je suis fatiguée, mais contente, même si je sais que, doré-navant, il me sera pratiquement impossible d'écrire ce journal durant la journée. L'activité démarre lentement, le matin, dans la maison de ma tante Barbe. Mais très vite, un rythme d'enfer s'installe. Il me faudra donc écrire le soir, quand je suis au lit. Ma tante Barbe n'y voit aucun inconvénient. Elle dit que, si je renverse de l'encre, je n'aurai qu'à laver la courtepointe moi-même. Cela me semble juste.

À Montréal, seules quelques rares tavernes opèrent de façon tout à fait légale, m'a confié ma tante Barbe. Il existe bien d'autres endroits où l'on sert de l'eau-de-vie, comme le rhum, mais pas chez elle.

« Très peu pour moi! m'a-t-elle expliqué. Ha! Les batailles que cela engendre! J'ai deux chambres à l'étage, pour lesquelles je demande dix sols la nuit, et je sers de bons repas arrosés de bière légère. Si les clients apportent avec eux du vin ou de l'eau-de-vie en plus, c'est leur affaire. »

Je dois participer à tous les travaux de la maison, sans aucune exception. Aucune tâche n'est indigne de qui que ce soit, a dit ma tante Barbe. « Chaque chose que tu apprends à faire ici, et de la bonne manière, te sera utile dans ta propre maison. Et tu recevras un salaire raisonnable pour le travail que tu abats. Toutefois pas autant que l'autre jeune fille, Bernadette, car je te loge et je te nourris. Pour commencer, tu toucheras quarante sols par semaine, mais au fur et à mesure que tu gagneras en habileté à accomplir tes tâches, tes gages augmenteront. »

J'ai protesté, gênée du fait qu'elle me paie quoi que ce soit.

Elle a fait non de la tête, avec autorité. Je n'étais ni une servante à l'essai ni une esclave, mais bien sa nièce et, d'une certaine manière, son apprentie. « Il est juste que tu sois payée équitablement pour ton travail, a-t-elle dit. Voilà ta première leçon pour aujourd'hui, Hélène. Toujours savoir être juste. »

Apprentie! Je n'aurais jamais cru que je deviendrais un jour l'apprentie de qui que ce soit. Comme c'est excitant! Et mon plaisir n'a pas été diminué par le fait que ma première tâche en tant qu'apprentie a été d'aller chercher à l'étage un gros paquet de draps sales. Dans chacune des deux chambres, il y a quatre lits, et hier soir, ils étaient tous occupés.

J'ai traversé la cuisine avec mon paquet de draps, pour me rendre dans la cour, derrière l'auberge. Au moment où je franchissais le seuil, j'ai remarqué le mousquet qui avait été déposé contre le chambranle de la porte.

« Il a appartenu à mon défunt mari, Jules, et maintenant, c'est le mien, m'a expliqué ma tante Barbe. Sais-tu tirer du mousquet, Hélène? Non? Alors, tu devras l'apprendre, mais chaque chose en son temps. »

Une jeune fille était là, dans la cour, les mains sur les hanches.

« Bernadette, je te présente ma nièce Hélène, a dit ma

tante Barbe. Elle habite ici maintenant, et elle veut apprendre à laver les draps. »

Nous avons ajouté quelques bûches au feu qui brûlait déjà sous un grand chaudron rempli d'eau bouillante. Je devais mettre les draps dans l'eau en prenant garde de ne pas me brûler. J'y suis parvenue. Puis il fallait y ajouter de la lessive. Enfin, avec un grand bâton, je devais brasser le linge et le retourner. À la longue, toute la saleté en serait extraite. Puis, un à un, je devais les soulever hors du chaudron, encore une fois sans me brûler, afin de les mettre à rincer. Finalement, il fallait les étendre sur une corde. L'air frais les ferait sécher et les rayons du soleil leur redonnerait leur blancheur éclatante. Pour les taches rebelles, il fallait d'abord faire tremper le linge dans du lait vieux d'environ une semaine. Mais les draps de ma première lessive n'étaient pas vraiment souillés, puisqu'ils n'avaient servi que trois semaines.

Nous nous sommes arrêtées quelques minutes pour souffler, ce qui m'a permis de jeter un coup d'œil aux alentours. Deux vaches broutaient à côté d'une petite grange plantée au fond de la cour. Il y avait un grand potager. Les haricots, les carottes et les fines herbes avaient déjà été ramassés, mais il restait encore des courges, des choux et des citrouilles. Des poules et un coq à l'œil mauvais et pourvu d'une queue mal garnie étaient occupés à gratter le sol de leurs pattes. Minette les a regardés quelques secondes, mais c'est une bonne chatte. Et elle a horreur des coups de bec.

« Il y a un second chaudron, ici, pour rincer le linge,

m'a dit Bernadette. Hier, les hommes ont rassemblé dans la charrette tous les baquets et les seaux qu'on a trouvés, et sont descendus au bord du fleuve pour les remplir d'eau. Nous n'en manquerons donc pas. »

J'ai proposé de participer à cette tâche, la prochaine fois.

Aussitôt, ma tante Barbe et Bernadette ont échangé un regard.

« Non, Hélène, il n'en est pas question, a dit ma tante Barbe d'un ton autoritaire. Tu peux aller dans la ville, d'une boutique à l'autre, te rendre à l'église sans aucun risque durant le jour, mais tu ne dois jamais, au grand jamais, aller au bord du fleuve toute seule. On ne t'a pas dit que nous sommes en état de guerre, ici? Nous sommes plus en sécurité, depuis que les soldats sont arrivés l'année dernière. Mais jamais aucune femme ne doit sortir de l'enceinte, à moins d'être accompagnée d'un homme armé, ou d'être elle-même armée. »

Je me sens à l'abri de tout danger ici, dans ma chambre. Les conversations et les rires de la salle, en bas, me parviennent comme un doux murmure. Les hommes sont venus pour manger ou juste pour s'asseoir le temps de fumer une bonne pipée tout en sirotant une petite bière d'épinette. Ils sont tous armés. Parmi eux se trouvent des soldats, des gens qui savent défendre une place comme Montréal. J'avais oublié la guerre avec les Iroquois. Maintenant, j'y songe sans cesse. À la seule idée d'apprendre à tirer du mousquet, j'ai l'estomac qui se retourne. Mais je suppose que c'est encore une de ces choses dont une femme d'ici ne peut se passer.

Le 8 octobre 1666

Séraphin est venu à la maison! Ma tante Barbe l'a pris à son service, comme engagé, car elle a besoin de l'aide que peut lui apporter un homme jeune et fort comme lui.

« J'avais pensé partir vers l'Ouest, m'a confié Séraphin à la cuisine. Un groupe de coureurs des bois doit partir la semaine prochaine afin d'aller y faire la traite avec les Indiens. Mais c'est plus sage pour moi de rester ici. »

Un autre visiteur est également venu, alors que j'étais occupée à couper du chou en julienne. Je me suis donc rendue dans la grande salle afin de le recevoir. Il s'est présenté. C'était Armand Lecôté. J'en suis d'abord restée muette de surprise et suis restée plantée là, tandis qu'il bafouillait excuse après excuse.

Finalement, il a dit : « Vous me détestez. Je le vois bien, et je le mérite sans aucun doute. Je ne pouvais obtenir aucune assurance que votre sœur avait bien reçu sa dot. Puis l'occasion s'est présentée d'épouser ma chère Berthe. Vous comprendrez certainement combien une dot substantielle peut rendre un parti intéressant en ces contrées, particulièrement pour des gens comme nous. »

Je le comprenais très bien, lui ai-je répondu. Je comprenais également que la moindre des courtoisies aurait été de l'annoncer à Catherine par courrier, mais que cela ne semblait pas lui avoir effleuré l'esprit. Était-ce une autre coutume incontournable chez les Lecôté? Puis je suis retournée à la cuisine où ma tante Barbe avait mis

Séraphin à l'ouvrage en lui faisant apporter du bois.

Je n'ai retiré aucun plaisir de mon éclat envers Armand, car j'ai tout de suite vu qu'il n'y prêtait pas grande importance.

Le 10 octobre 1666

Aujourd'hui, c'est dimanche, alors, nous sommes allés à la messe. Il y avait beaucoup de monde, car la paroisse Notre-Dame est la seule de toute l'île. Les prières et les hymnes étaient les mêmes que ceux que j'ai toujours entendus dans notre église de Reignac. Par contre, les gens ne l'étaient pas, par leurs comportements.

Une vieille femme avait emmené avec elle un petit enfant tout pâlot. Pour je ne sais quelle raison, elle l'avait enveloppé dans une couverture, et il s'est mis à pleurnicher en entendant les hymnes. Je suppose qu'il devait suffoquer.

Il y avait des murmures de voix et des rires étouffés, et des gens entraient et sortaient sans cesse de l'église. Au moment du sermon, il y avait un tel tapage que le prêtre a presque dû crier pour se faire entendre. Les gens derrière nous n'écoutaient même pas. Je me suis retournée une fois, pour apercevoir des gens occupés à boire ce qui semblait, à l'odeur, être du vin. Un homme a même levé son verre à ma santé!

Pas facile de prier, dans de telles conditions.

Sur le chemin du retour, ma tante Barbe m'a dit : « Montréal n'est pas facile à vivre pour une jeune fille, Hélène. On y rencontre malgré tout des gens très bien.

Mais il est difficile de vivre dans la pauvreté. Il faut beaucoup de force et de courage pour survivre ici, et si leurs manières ne sont pas dignes de la cour du Roy, eh bien, tant pis. »

Elle a sans doute raison, mais il me faudra encore un peu de temps pour m'habituer à ce genre de dimanches. Je dois dire que le petit enfant que tenait la vieille dame était adorable, même s'il sentait horriblement mauvais.

Le 11 octobre 1666

Le travail. Toujours le travail. Quand ce n'est pas une tâche, c'est l'autre, et certaines sont vraiment étranges.

Comme toutes bonnes catholiques, nous nous abstenons de manger de la viande les jours maigres, et nous n'en servons pas non plus à nos clients. Au menu figurent alors la soupe de poisson, les pâtés au poisson, l'anguille salée ou la morue. Aujourd'hui, j'ai appris que les gens mangeaient aussi, en ces jours maigres, d'une bête à quatre pattes, mais qui nage dans l'eau. Du rat musqué! Ça ressemble à un rat, avec des dents jaunes et une longue queue sans poils.

Un coureur des bois avait rapporté six rats musqués à l'auberge. Il a passé une entente avec ma tante Barbe. Il lui donnerait les six bêtes en échange d'un repas et d'une nuitée. Ma tante Barbe pratique parfois ce genre de troc, car l'argent liquide manque ici, en Nouvelle-France.

« De l'argent, Hélène – un sol, un écu, et même un simple denier – des espèces sonnantes et trébuchantes, c'est encore ce qu'il y a de mieux. J'avoue même que je ne dédaigne pas recevoir de ces pièces espagnoles sur lesquelles les autorités coloniales lèvent le nez. » Puis, baissant le ton, elle a ajouté : « Ils sont bêtes! » Et, la voix pleine d'entrain, elle a déclaré : « Pour aujourd'hui, les rats musqués feront l'affaire. »

C'est là que la corvée a commencé. Le coureur des bois m'a montré comment débarrasser les bêtes de leur peau. Ensuite, il nous laisserait toute la viande, tandis qu'il garderait les peaux pour lui, afin de les échanger, puisque ma tante Barbe ne voulait pas les nettoyer et les tanner.

C'était salissant, et il y avait du sang partout, mais j'ai quand même réussi à en écorcher un de manière presque acceptable.

« Excellent! m'a-t-il dit. Vous pourriez vous débrouiller en forêt, mademoiselle! Je vais retirer moi-même les glandes anales afin d'éviter que la chair ne prenne un goût âcre. Regardez-les, là, juste sous la queue. » Il a poursuivi en disant que je n'aimerais pas cela du tout. N'était-il pas gentil de m'épargner cette tâche? a-t-il ajouté en riant. Je trouve que les coureurs des bois disent souvent tout ce qu'ils pensent. Ils sont un peu sans gêne.

Ma tante Barbe m'a montré comment retirer les têtes et les queues, puis dépecer le reste. Quand elle m'a vue mettre tout ensemble les têtes, les queues et les pieds dans le grand pot à ordures, elle m'a arrêtée.

« Jette les queues et les pieds, Hélène, mais pas les têtes. C'est un morceau de choix. » Comme elle a ri en voyant l'air que je faisais. Il semble que ce soit mon destin, de faire rire les gens.

J'ai émincé des oignons et pilé de l'ail, qu'on a ensuite mis à dorer dans du saindoux, avant d'y ajouter les morceaux de rat musqué et, finalement, les têtes. Ça sentait plutôt bon, mais les petites têtes au museau allongé se terminant par de longues dents jaunes ne me semblaient pas très appétissantes.

Ma tante Barbe a d'abord servi notre coureur des bois, lui apportant son repas dans une écuelle qu'elle tenait fermement par les orillons. Puis nous avons servi les autres clients qui voulaient en manger. J'en ai pris un petit morceau. Ma tante Barbe et le coureur des bois se sont réservé les têtes.

« Es-tu certaine que tu ne veux pas y goûter, Hélène? » m'a-t-elle demandé d'un air malicieux. J'en étais absolument certaine.

Ils ont mangé la chair qui était attachée aux têtes, ils ont mangé les langues, puis ils ont cassé les os du crâne pour en extraire la cervelle et tout le reste, qu'ils ont mangé aussi. J'essaierai d'y goûter un jour, mais pas tout de suite.

Le 12 octobre 1666

Minette a disparu de la maison, aujourd'hui. Je ne suis pas très fière de moi, car je m'en suis toujours bien occupée, mais je me rends compte maintenant qu'elle doit être partie depuis un bon moment. Je ne l'ai pas trouvée quand j'ai voulu lui donner son bol de lait, après que Bernadette a eu fini de traire les vaches. J'étais si inquiète. Soudain, Minette est réapparue, des chardons entremêlés à son pelage.

« C'est un chat, Hélène! m'a dit ma tante Barbe quand elle m'a entendue déclarer que, dorénavant, Minette resterait dans ma chambre, la porte fermée à clé. Les chats adorent vagabonder. »

Il est vrai qu'elle ronronnait de bonheur, même pendant que j'arrachais les chardons de son pelage. Ce ne serait pas gentil d'enfermer Minette. Elle détesterait cela, et je veux qu'elle soit heureuse. Moi-même, je suis rendue bien loin de chez moi, et je ne suis même pas un chat.

Le 14 octobre 1666

Il s'est produit une chose épouvantable. Du moins à mon point de vue, car de l'avis de ma tante Barbe, n'importe quelle fille aurait saisi une telle occasion sans hésiter une seconde. « Mais tu n'es justement pas n'importe quelle fille », a-t-elle ajouté, avec plus qu'une simple pointe de fierté dans la voix.

Voici de quoi il s'agit. Monsieur Deschamps m'a demandée en mariage.

Il est arrivé à la maison et a demandé à me parler en privé. Nous sommes donc allés à la cuisine. Cela ne lui a pas plu. Ma tante Barbe a envoyé Séraphin et Bernadette travailler dehors, puis elle s'est installée au coin du feu, les mains occupées à tricoter et les oreilles tendues pour entendre tout ce qui allait se dire. Elle n'avait pas grand effort à faire, tant monsieur Deschamps parlait fort. Mais, s'il avait chuchoté, les mots qu'il a prononcés ne m'en auraient pas moins échauffé les oreilles.

« Moi non plus, je ne peux me soustraire à la loi. Je dois donc prendre femme. Je suis un homme prospère, mademoiselle », a-t-il expliqué d'un ton vif. Puis il m'a demandé ma main. S'il parlait si vite, c'est peut-être de me voir là, assise, la bouche grande ouverte. « J'ai un avenir prometteur. Je possède une belle maison, deux servantes, un esclave, et un engagé m'aide aux travaux de ma boutique. Je dispose même de quelques livres. Je me rappelle avoir remarqué combien vous les aimiez, pendant notre traversée. Les revenus que me procurent mes activités de marchand sont plus qu'intéressants.

La seule chose qui me manque, c'est une femme d'un rang qui viendrait compléter le mien. Car je ne veux pas de n'importe quelle femme. Les filles qui ont fait la traversée avec nous sont d'honnêtes personnes, sans doute, mais en ce moment, à Montréal, aucune jeune fille ne peut prétendre être de meilleur rang que vous. »

J'avais l'impression qu'il parlait comme s'il s'était agi de chevaux de race. Et j'avais du mal à me retenir de hennir. Le rang, la race! Cela ne rimait à rien pour moi, lui ai-je répondu. Puis j'ai protesté en lui rappelant que j'étais encore trop jeune.

« Mais non! a-t-il rétorqué d'un ton impatient. Des filles se marient bien plus jeunes que vous. Vous êtes en Nouvelle-France, mademoiselle. Vous avez un devoir à remplir envers le Roy. »

Puis il s'est assis et s'est calé dans son fauteuil, le plus confortable de la maison, l'air satisfait.

J'ai marmonné que je m'en sentais flattée, mais que je

ne pouvais accepter.

Il a eu l'air extrêmement surpris de m'entendre repousser sa demande.

Je me suis alors levée en prenant une grande respiration. J'ai encore peine à croire que j'aie pu avoir une telle audace, mais je lui ai dit : « Croyez-m'en sincèrement désolée, monsieur Deschamps. C'est vrai que j'ai un devoir envers Sa Majesté, mais j'ai également un devoir envers moi-même.

— Je suppose que vous voulez parler de l'amour. L'amour n'a que peu ou rien à voir avec le mariage, mademoiselle. Qui vous a mis pareilles sornettes en tête? » Il a alors eu la prudence de ne pas regarder du côté de ma tante Barbe. « Le mariage se règle comme la plus délicate des affaires. Une fois le contrat établi et le mariage célébré, vous serez la plus heureuse des femmes dans votre nouveau foyer. »

Il a continué son boniment en affirmant que je devais y réfléchir. Est-ce que je préférais une dure vie de labeur auprès d'un pauvre habitant, ou celle qu'il m'offrait? Vivre dans une pauvre masure et travailler aux champs avec mon homme? Il ne pouvait m'imaginer menant une si misérable existence.

J'ai encore une fois repoussé son offre, d'un ton très ferme, et l'ai salué d'un « bonjour ». Je suis retournée à la table où j'avais commencé à émincer des oignons et des navets que je devais ajouter aux anguilles mijotant sur le feu. C'est étonnant que je ne me sois pas coupé un doigt, tant j'étais troublée. Quand il est sorti, le bruit que faisaient ses chaussures sur le plancher trahissait sa colère.

Comment peut-on avoir une telle vision de la vie des habitants? Comment monsieur Deschamps pouvait-il se faire une telle idée du mariage, qui ne laisse aucune place à la tendresse? Au début, ce n'est pas toujours le cas, c'est vrai, et surtout dans ce pays, où il faut se marier pour le salut de la colonie, mais il doit y avoir au moins une petite dose de respect et de considération entre les nouveaux époux.

« Bien! a dit ma tante Barbe. Il a peut-être l'air d'un bon parti, mais c'est un menteur. Deschamps n'est pas différent des autres petits nobles qui vivent ici, Hélène. Il n'honore pas ses dettes et il tient même une taverne. Et illégale. Ha! Oui, tu peux bien avoir l'air surprise, mais les autorités le savent fort bien et font semblant de ne pas s'en apercevoir. Question de privilèges, ma chérie. »

« Deschamps se trompe, a-t-elle continué. Bien des gens font des mariages de raison en espérant que l'amour suivra. Leur souhait se réalise parfois, et d'autres fois, non. Ainsi va la vie. Mais d'autres se marient dans un tout autre état d'esprit. Tu décideras de ce que tu veux faire, Hélène, en temps et lieu. »

J'ai tout mon temps, me suis-je dit. Tout mon temps.

Le 15 octobre 1666

Minette s'est mise à me rapporter des présents. Elle est continuellement à la chasse, tapie par-derrière la maison. Parfois, ce sont des oiseaux qu'elle mange ensuite, et d'autres fois, ce sont des souris qu'elle abandonne, mortes ou moribondes. Et de temps en temps, elle me les rapporte en guise de trophées. Si elle les dépose à mes pieds, je peux toujours l'en remercier, pour ensuite m'en débarrasser. Cela ne me dérange pas. J'espère simplement qu'il ne lui viendra pas à l'idée de venir poser une de ces bêtes sur mon oreiller.

Potage aux pois et au lard salé, au menu de ce soir. La grande salle était bondée.

Le 16 octobre 1666

Séraphin a rapporté les derniers légumes frais du jardin et les a entreposés à la cave. Ils se conserveront là, jusqu'à ce qu'on puisse aller tailler des blocs de glace quand le fleuve sera gelé. Il a commencé à retourner la terre du potager avec une pioche.

Ma tante Barbe possède un autre bout de terrain en dehors de la ville. C'est une longue bande de terre, étroite et perpendiculaire au fleuve, comme toutes les fermes d'ici. Pour labourer son champ, elle a engagé un homme qui possède une paire de bœufs, et Séraphin va l'aider.

Ce soir, j'ai préparé un emplâtre avec des herbes, afin de soigner les mains de Séraphin. Ses paumes sont déjà bien cornées, mais la peau fend encore.

« Jamais plus de tempêtes en mer pour moi, mademoiselle! a-t-il juré. Si le prix à payer n'est que ces quelques crevasses aux mains, eh bien, soit! Le bateau me manque tout de même un petit peu, par moments. »

Et il a poursuivi en me racontant que c'était très agréable qu'il n'y ait ici aucun rat pour venir troubler son sommeil. Et que madame Moitié ne le fouettait pas avec une corde, quand elle n'était pas satisfaite de son travail.

« Évidemment, qu'elle ne fait pas cela! me suis-je exclamée.

— D'autres le font », m'a-t-il confié.

Il m'a raconté qu'il avait vu un jeune garçon se faire fouetter, aujourd'hui, quand il était allé chercher de l'eau. Il était rentré chez son maître avec un cochon en moins, en revenant des bois.

« Un cochon qui manque, et voilà ce qui lui est arrivé! »

Les gens qui prennent un engagé chez eux ont sans doute des droits, au regard de la loi, mais ce sont eux, les vrais cochons, ceux-là qui sont capables de battre un jeune garçon pour l'amour d'un cochon.

Le 19 octobre 1666

Monsieur Aubry et Kateri sont venus ici, aujourd'hui. Il nous a apporté un sac de noisettes qu'il a ramassées dans la forêt. Et Kateri avait sur les talons un grand chien brun. C'était Ourson. Monsieur Aubry est venu demander à ma tante Barbe si Kateri et son chien peuvent rester chez elle, car il doit s'absenter pour quelques semaines. Il doit se rendre au village iroquois où vit la famille de sa femme.

« Kateri pourrait rester à la boutique, a-t-il expliqué. Mais je préfère qu'elle ne soit pas seule. Et elle se plairait mieux en la compagnie de votre nièce. Je vous paierai une pension, madame. »

Ma tante Barbe lui a répondu qu'il n'en était pas question. Bernadette venait de la quitter pour se marier. Les servantes partaient souvent sans avertissement, quand on leur faisait une proposition intéressante, la laissant à court de personnel, comme maintenant. Si Kateri voulait bien faire sa part de travaux, ce serait tout à fait suffisant.

Tout de suite, j'ai offert de partager ma chambre avec Kateri, et elle a accepté avec joie. Nous sommes allées nous asseoir dans la salle avec monsieur Aubry, qui a bu une chope de bière avant de repartir. Ma tante Barbe allait se retirer, quand il l'a retenue.

« Madame, avec votre permission, je voudrais demander quelque chose à votre nièce, lui a-t-il dit.

— Sans vouloir vous offenser, à votre place, je ferais très attention à ce que je pourrais lui demander, monsieur Aubry, l'a averti ma tante Barbe. Cela dit, oui, vous avez ma permission », a-t-elle dit en emmenant Kateri avec elle, pour ne pas nous déranger.

Kateri a embrassé son père avant de se retirer.

« Je te verrai à ton retour, papa. Courage! a-t-elle ajouté, la voix chargée de mystère. Et toi aussi, Hélène. » Puis elle est sortie de la salle avec ma tante Barbe. Je n'avais pas la moindre idée de ce qu'elle avait voulu sous-entendre.

Monsieur Aubry s'est éclairci la voix, puis a respiré profondément. Juste à ce moment-là, un groupe d'hommes est entré, remplissant la salle de leurs rires et de leurs conversations.

« Mademoiselle », a dit monsieur Aubry calmement,

tandis qu'un des hommes lui faisait signe de se joindre à eux. Mais il a fait non de la tête. Ils lui ont dit qu'il devait parler plus fort, pour qu'ils entendent. « Mademoiselle, a-t-il repris, quand une rafale est venue secouer la porte d'entrée, nous laissant tout surpris. Pensez-vous qu'il va neiger, mademoiselle? », m'a-t-il soudainement demandé.

J'ai répondu que cela me semblait possible. Le vent soufflait si fort qu'il pourrait même l'emmener directement au village iroquois par voie des airs.

Il m'a répondu « sans doute », avec un petit sourire au coin des lèvres. Puis il s'est dirigé vers la porte et l'a ouverte. La neige tombait dehors, ce qui l'a décidé à entreprendre son voyage sur-le-champ.

Je lui ai souhaité bon voyage. Il s'est arrêté quelques secondes.

« Mademoiselle, à mon retour, il y a une question dont je souhaite discuter avec vous », m'a-t-il dit à voix basse, en regardant du côté des hommes, qui étaient maintenant assis au coin du feu et commandaient d'autres chopes. « En privé », a-t-il ajouté en riant un peu.

« En privé », ai-je approuvé.

Il s'est incliné pour me saluer, puis est parti. J'ai sorti la tête par l'embrasure de la porte pour le voir s'éloigner à grands pas dans la neige, au milieu de la rue. Il sifflait un air, comme l'autre fois.

« Du calme! Du calme! » a crié ma tante Barbe en descendant l'escalier, suivie de Kateri. Mais les hommes ne se sont calmés que lorsque Séraphin a commencé à leur servir de la bière.

Je vais éteindre ma bougie et me coucher, maintenant. Je crois que je peux le faire sans danger. Ourson dort sur les pieds de Kateri, et Minette, sur mon oreiller. Ils semblent se détester l'un l'autre. Dès la première minute, elle a beaucoup craché et il a beaucoup grogné, mais c'est toujours comme ça, entre chiens et chats.

Kateri m'a semblée troublée quand je lui ai dit que son père voulait seulement savoir ce que je pensais du temps qu'il faisait, mais ma tante Barbe ne semblait pas étonnée du tout. « Il fallait bien qu'il commence par quelque chose, a-t-elle dit en riant. Étant donné les hivers qu'on a par ici, c'est un bon début. »

Je me demande bien ce que monsieur Aubry peut avoir à me dire. Ce ne doit pas être une question de température. Il y a une vieille expression qui dit « Curieuse comme un chat »; mais c'est totalement faux, affirmerait Minette, si elle pouvait parler.

Le 22 octobre 1666

La nouvelle du jour : Marie-grain-de-beauté et Marie-manque-une-dent vont se marier mardi matin prochain. Pas le lundi, contrairement à l'habitude, parce que ce lundi est fête de la Saint-Crispin et de la Saint-Crispinien, les deux saints patrons des cordonniers. Les prêtres ne célèbrent jamais un mariage quand c'est jour férié.

Il ne reste donc plus que Marie-la-muette. Comment pourra-t-elle répondre par « oui » ou par « non » à un soupirant, si elle ne se décide pas à parler?

Et il y a moi, je suppose. Je me sens drôle, à cette pensée.

Le 25 octobre 1666

Hier soir, il faisait un froid de canard, et aujourd'hui, le vent souffle violemment. Jamais je n'avais connu de tels froids, avant d'arriver en Nouvelle-France. Kateri affirme que je vais finir par m'habituer. Je me donne encore quelques minutes au lit, à écrire, avant de me lever et de m'habiller dans l'air glacial de notre chambre. On était bien au chaud, hier soir, sous les couettes, et il fait généralement bon, en bas. Heureusement, cette maison est pourvue de deux âtres; l'un dans la grande salle et l'autre, à la cuisine. Bien des maisons n'en ont qu'un. Quand la grande salle est pleine, comme il arrive souvent, c'est très confortable.

Mais ma tante Barbe nous appelle.

Ce soir

La journée a été très occupée. Une douzaine de coureurs des bois sont arrivés pour prendre un repas chaud. Ma tante Barbe nous a appelées pour que nous lui prêtions main-forte. La grande salle s'est vite remplie d'odeurs de tabac à pipe et d'hommes pas lavés. Ils étaient bien plus intéressés à manger qu'à se laver et à changer les vêtements qu'ils portaient depuis des semaines.

Monsieur Deschamps est arrivé peu après. Il se tenait sur le pas de la porte et, pendant quelques secondes, il s'est tamponné le nez avec son mouchoir bordé de dentelle. Puis il m'a aperçue et s'est immédiatement dirigé vers moi. J'ai donc dû lui présenter mes respects, pour ensuite lui servir son repas. C'était une savoureuse soupe de poisson et de riz sauvage, au fumet vraiment appétissant.

Monsieur Deschamps a mangé tout son bol de soupe, puis a bu à petites gorgées le vin qu'il avait apporté avec lui. Ensuite, il a déposé une somme d'argent sur la table et, comme il en avait mis beaucoup trop pour son repas, je le lui ai fait remarquer.

« Ah, Hélène! a-t-il dit, en osant m'appeler par mon prénom. Le reste est pour vous. Vous vous achèterez une croix d'argent et des rubans de soie, a-t-il ajouté en jetant un regard sur ma petite croix de bois, tout en reniflant. Ma promise doit toujours avoir ce qu'il y a de plus beau. »

J'ai pris ce qu'il devait pour le repas, en laissant le reste sur la table, et je lui ai dit que je n'avais pas besoin d'une nouvelle croix et que celle que j'avais déjà me convenait parfaitement, « merci, monsieur ».

Il a alors soupiré de manière tout à fait théâtrale. « Hélène, avez-vous réfléchi à ma proposition? »

Effectivement, j'y avais songé, par moments, généralement quand j'étais occupée à vider un pot de chambre, mais ça, je ne le lui ai pas dit, même si la tentation était grande.

Le 26 octobre 1666

Les noces sont des moments de grande réjouissance. Marie-manque-une-dent s'appelle maintenant madame Drouillard, et Marie-grain-de-beauté, madame Ouellette.

Demain, elles partiront toutes les deux pour aller vivre

à la ferme de leur mari, au bord du fleuve, en aval de Montréal. Elles étaient très excitées. Durant tout le reste de l'hiver, il y aura des travaux à faire à l'intérieur et les bêtes à nourrir, mais au printemps, toutes deux travailleront aux côtés de leur mari à défricher de nouvelles terres et à ensemencer les champs. Je ne suis pas sûre que je saurais le faire. Papa avait l'habitude de dire que chacun fait ce qu'il est tenu de faire.

Quand j'ai vu que monsieur Deschamps était là, je ne suis pas restée danser.

Le 2 novembre 1666

Aujourd'hui, c'est la fête des Morts, alors ma tante Barbe et moi sommes allées à la messe. C'était une messe très importante car, pour nous, elle était dédiée aux âmes de Catherine, de papa et de maman. L'année dernière, en ce même jour, Catherine, papa et moi avions prié pour le salut de l'âme de maman. Ensuite, Catherine et moi avions prévu, pour aujourd'hui, prier pour maman et papa. Mais tant de choses ont changé. Ce matin, je me suis agenouillée dans une église séparée de ma maison par un immense océan et j'ai prié pour tous les membres de ma famille, car je suis tout ce qu'il en reste.

Toute la journée, je me suis sentie triste et sans énergie, quoi qu'aient pu tenter Séraphin et Kateri pour me faire sourire. Mais il y avait beaucoup à faire dans la maison et, peu à peu, ma tristesse s'en est allée. Papa disait souvent que le travail peut faire oublier bien des peines. Alors, le travail peut-il soulager un cœur brisé?

Sans doute, avec le temps.

Le 5 novembre 1666

Il a neigé à plein ciel durant la nuit. Même s'il faisait très froid et que le vent soufflait sans répit, j'ai trouvé que la neige rendait le paysage éclatant de beauté et de propreté. Ma tante Barbe en a bien ri.

« Les hivers d'ici ne sont pas comme ceux de France, a-t-elle dit. À partir d'aujourd'hui, nous devrons faire la lessive à l'intérieur et mettre le linge à sécher sur des séchoirs, à l'intérieur aussi. Ha! Hélène! Tu ne la trouveras pas si belle, la neige, quand tu t'y enfonceras jusqu'à la taille. »

On m'a souvent parlé des hivers de la Nouvelle-France. Il fera plus froid que tout ce qu'on peut imaginer, il y aura de terribles tempêtes, et la neige formera de gigantesques bancs. Mais ce matin, il faisait encore bon quand Kateri et moi sommes sorties pour aller donner du grain aux poules et traire les vaches.

« Mettez vos sabots, toutes les deux, nous a lancé ma tante Barbe, incapable de se retenir de nous prodiguer ses conseils, au moment où nous sortions de la cuisine. Une semelle de bois est plus efficace qu'une semelle de cuir, dans la neige. Mettez vos gros chaussons, aussi. Une bonne épaisseur de feutre empêchera vos bas de s'user dans les sabots. » Les vaches nous attendaient. Ce sont des vaches de race canadienne, comme toutes celles qu'on voit ici. La Brune et Noisette ont été nommées ainsi à cause de la couleur de leurs grands yeux. Ce sont de bonnes vaches, dont les ancêtres ont été amenés de Normandie. Elles ne ruent pas dans les seaux, risquant de répandre tout le lait par terre.

Elles sont restées bien calmes tout le temps que je trayais La Brune. Comme toutes deux portent des lésions de vérole sur le pis, j'y suis allée doucement. C'était plutôt agréable, d'être assise là sur le petit tabouret, la tête appuyée contre les flancs de la vache. Mes cheveux dégagent toujours un parfum de vache quand je sors de l'étable. On a vu pire.

Minette attendait patiemment son bol de lait tout chaud, de la part de La Brune. Elle l'a tout bu, puis s'est soigneusement lavé la face avec une patte. Quand Kateri est entrée, de retour du poulailler, elle s'est frotté les mains pour en enlever la poussière de son, puis s'est installée pour traire Noisette. Ensuite, nous avons traversé la cour pour rapporter nos deux seaux de lait à la cuisine. Il fallait faire attention en marchant, car les sabots sont très glissants sur la neige.

On est bien à la cuisine, encore plus qu'à l'étable. Ma tante Barbe possède plusieurs chaudrons de cuivre et marmites en fer, avec des pieds. Il y a une broche pour faire rôtir les viandes. Les assiettes, les écuelles et les tasses sont alignées sur les tablettes. Ma tante Barbe n'utilise que de la vaisselle de faïence dans la grande salle. Le service en étain est réservé aux grandes occasions.

Nous avons fait le pain, comme tous les jours. La fleur de farine est beaucoup trop chère. Nous devons utiliser un mélange de farines de blé, de seigle et d'orge. C'est délicieux, surtout avec du beurre frais. Tandis que je barattais le beurre, Kateri plongeait une longue palette au fond du four afin d'en retirer la miche qui était prête. Puis elle y a mis à cuire d'autres pains, plus petits.

Les soldats qui viennent ici aiment beaucoup le pain que nous faisons, car il est tellement meilleur que celui qu'ils mangent quand ils partent en campagne : une sorte de pain grossier, très lourd, qu'on appelle d'ailleurs du pain de soldats. On rencontre beaucoup de soldats en ce moment, à Montréal, avec le retour du temps froid. Et il y en aura bien plus encore, puisqu'ils ne restent pas tous cantonnés dans la forêt, pendant l'hiver.

Le 8 novembre 1666

Nous sommes toutes deux plutôt menues, Kateri et moi, mais nos deux poids combinés sont venus à bout des sangles de mon lit. La nuit dernière a été difficile à passer, car, toutes les deux, nous roulions continuellement vers le milieu, sans parler des grognements et des sifflements. C'étaient Minette et Ourson qui faisaient cela, bien sûr, pas nous.

Aujourd'hui, nous avons retendu les sangles du lit avant d'aller nous coucher. Nous avons aussi balayé le plancher et répandu des herbes aromatiques afin de rafraîchir l'air de notre chambre.

Maintenant, nous sommes au lit. Kateri tisse avec ses doigts. Et moi, j'ai mon journal. J'ai décidé d'apprendre à dire quelques mots en langue iroquoise. Je vais les écrire, puis m'exercer à les prononcer. C'est une langue difficile.

Voici la liste de mots de ce soir. Je vais les écrire comme ils se prononcent. On dit *kwé* pour « Bonjour! » et *onen*, pour « Au revoir! ». Enfin, *Kateri*, qui se prononce comme il est écrit. *Kateri* est l'équivalent de Catherine. C'est étrange comme ce nom me rend heureuse et triste à la fois. Ma sœur n'est plus, mais j'ai gagné une amie qui est ici, auprès de moi.

Le 11 novembre 1666

Pauvre Kateri! Elle a attrapé la vérole de la vache. Elle n'est pas très malade, mais il lui faudra tout de même quelques semaines avant de se remettre complètement. Ma tante Barbe dit que je dois rester à son chevet tant qu'elle aura de la fièvre, afin de l'empêcher de gratter les plaies qu'elle a aux mains. Il n'y a pas de médecin, ici; seulement quelques sages-femmes très compétentes, les sœurs hospitalières de l'Hôtel-Dieu, et un chirurgien, dont ma tante Barbe ne cesse de dénoncer la sinistre incompétence.

Kateri s'ennuie beaucoup de son père, qui est parti depuis plus longtemps que prévu. Je lui fais la lecture, je lui raconte des histoires et nous nous préparons aux fêtes de Noël.

Le 13 novembre 1666

La nuit dernière, j'ai fait un cauchemar. C'était tout un mélange en rapport avec la mort de Catherine et la maladie de Kateri. Je ne supporterais pas de perdre encore quelqu'un qui m'est cher. Kateri va beaucoup mieux, mais de la voir étendue dans son lit, quand elle était au plus mal, a réveillé en moi le souvenir de la mort de Catherine.

Le 23 novembre 1666

Incroyable! Un groupe d'hommes sortis de la ville pour aller couper du bois a été attaqué par des Indiens. Ils ont tenté de se défendre, mais vainement, car ils étaient inférieurs en nombre. Deux d'entre eux se sont fait tuer, puis scalper.

La fièvre de Kateri est tombée, et elle se sent mieux. Je veux la questionner à propos des scalps, mais ce n'est pas le bon moment.

Le 24 novembre 1666

Aujourd'hui, Kateri et moi avons marché jusqu'à la boutique d'un marchand, au haut de la rue. Il neigeait très fort, mais sans aucun vent, et les flocons se posaient sur nos têtes et nos épaules, qui sont devenues toutes blanches. Quand nous sommes arrivées à la boutique, couvertes de neige, il nous a fallu bien secouer nos houppelandes avant d'entrer.

Il y avait déjà du monde. Une dame palpait une étoffe, nous tournant le dos. Un homme était engagé dans une longue discussion avec le marchand, qui tenait dans ses mains un mousquet flambant neuf. Je ne voulais que de l'encre, du papier à écrire, de la cire à cacheter et, pour ma tante Barbe, un paquet d'aiguilles. Il y avait aussi une commande à laisser au propriétaire : des bougies, du savon, de la farine et du saindoux. Il les livrerait plus tard, car tout cela était trop lourd pour que nous le rapportions, surtout avec une telle tempête de neige.

On peut acheter ou troquer pratiquement tout ce qu'on veut, ici, chez les marchands. Du fil, des ciseaux, du tissu, du porc fumé ou de l'anguille fumée, du vin, des vêtements et toutes sortes d'outils. Toutes les marchandises exposées sur les tablettes du magasin ou empilées dans l'arrière-boutique sont amenées de France. J'aurais pu régler mon affaire rapidement, mais j'ai préféré prendre le temps de fouiner pour regarder la marchandise.

La porte s'est ouverte, et un homme est entré, laissant s'engouffrer dans la boutique une bouffée d'air froid.

« Nous arrivons de Québec, monsieur, a-t-il dit. Sans aucun problème. Votre marchandise a été déposée intacte sur les terrains communaux. Les autres sont en train de la transporter jusqu'ici. »

Je savais que c'était un coureur des bois.

« Vous avez réussi, une fois de plus, à vous en tirer sans que les Sauvages vous prennent le scalp, mon ami, a dit le propriétaire. Bien! »

J'ai jeté un coup d'œil du côté de Kateri, mais elle n'a pas réagi. Elle avait les yeux baissés. Je me suis empressée de payer mes achats, les ai mis dans mon cabas et ai laissé la liste de ma tante Barbe au marchand. J'ai alors pris Kateri par le bras, et nous sommes sorties.

« On dit que ton papa est reparti chez les Iroquois, encore une fois », a lancé un coureur des bois à Kateri, qui lui tournait le dos. Il a alors essuyé son long nez avec sa manche. « C'est une entreprise risquée, par les temps qui courent. Il ne doit pas tenir à sa peau. »

Je sentais Kateri qui tremblait, quand nous sommes sorties de la boutique. Elle ne pleurait pas, mais c'était tout juste.

« Cela lui rappelle ma maman, m'a dit Kateri, sa voix trahissant son chagrin. C'est pour cette raison qu'il retourne au village. J'y vais aussi, de temps à autre. La famille de maman est là-bas, ma grand-mère, mon grand-père et tous les autres. » Elle s'est arrêtée au beau milieu de la rue pour fouiller dans sa bourse et en sortir un mouchoir. Elle a essuyé ses larmes et s'est mouchée.

Nous avons marché sans parler davantage. Si sa femme lui manque tant, alors monsieur Aubry ne pourra sans doute jamais l'oublier.

Le 25 novembre 1666

C'est le jour de la Sainte-Catherine. Ma sœur m'a occupé l'esprit toute la journée. Comme elle était heureuse, en ce jour de fête, là-bas, au *Cadeau*, avec la messe à l'église de Reignac, la promenade vivifiante avec papa et les attentions des domestiques. Catherine était vraiment heureuse, dans ces moments-là.

Je dois chasser de ma mémoire ces souvenirs de Catherine heureuse et essayer d'oublier tout le reste. Je peux comprendre que monsieur Aubry soit hanté par le souvenir de sa femme. J'aimerais lui parler de ça, mais c'est impossible. C'est un fardeau que je dois porter seule.

Le 28 novembre 1666

La boutique de monsieur Aubry n'est pas loin de l'auberge. Kateri, ma tante Barbe et moi sommes passées devant, en revenant de la messe.

« La voilà! a dit Kateri d'un ton de fierté. C'est la boutique de papa et notre maison. »

Ici, les bâtiments sont faits de bois ou de pierre. La propriété de monsieur Aubry tire parti des deux matériaux. Une enseigne au-dessus de la porte annonce : « Monsieur Aubry, Armurier », inscrit sous le dessin d'un mousquet, car bien des gens d'ici ne savent pas lire. D'ailleurs, il est assez rare de voir des mots écrits sur ce genre d'enseigne, et je soupçonne monsieur Aubry d'être assez fier de sa boutique.

« C'est fermé à clé, Hélène, autrement je t'aurais fait entrer », m'a dit Kateri.

Je lui ai assuré que je pouvais attendre. Je lui ai dit que c'était une très belle maison. Les volets, bien fermés par les soins de monsieur Aubry, sont peints en vert forêt, tout comme la porte. Il y a deux étages. Elle n'est pas aussi grande que les maisons d'autres marchands prospères de la rue, mais elle a belle allure.

Ma tante Barbe est d'avis que monsieur Aubry a été bien avisé d'acheter ce bâtiment. Elle se rappelle l'état miteux dans lequel c'était à l'époque où monsieur Charbonneau, le cordonnier, en était le propriétaire. Monsieur Aubry en a fait un commerce prospère et une maison confortable où les loger, Kateri et lui.

Plus tard, j'ai demandé à ma tante Barbe ce qu'il était advenu de ce monsieur Charbonneau, m'attendant à entendre encore une autre de ces tristes histoires de maladie ou de meurtre. Mais, dans son cas, c'est tout simplement le froid, qu'il détestait plus que de raison, qui l'a fait retourner en France. Par une nuit comme maintenant, avec le vent qui hurle sans arrêt, je peux presque le comprendre.

Le 2 décembre 1666

Je me suis rendu compte que je ne sais pas très bien filer la laine. L'Intendant, monsieur Talon, favorise l'élevage des moutons, pour la viande, mais aussi pour leur laine. Ma tante Barbe possède un rouet. Bien qu'elle n'ait pas beaucoup de temps à me consacrer pour ce genre de choses, elle insiste pour que j'apprenne à filer. Mais mon fil est plein de bourres. Quand même, ça fait quelque chose à faire le soir, avant de monter se coucher.

Le 3 décembre 1666

Les mains de Séraphin ne cessent de gercer. Au cours des derniers jours, lui et d'autres engagés ont travaillé avec les soldats à remplacer une portion de la palissade.

« Ils disent qu'il y a toujours une partie pourrie à remplacer, m'a-t-il expliqué tandis que je lui préparais encore une fois un emplâtre. Nous serions loin d'être à l'abri du danger si nous n'étions pas protégés par une palissade bien solide. » Il s'est arrêté de parler quelques secondes, car Kateri était avec nous dans la cuisine, puis a ajouté :

« À l'abri des ours, des serpents et des autres bêtes dangereuses. »

Il fallait voir Kateri en rire!

Le 4 décembre 1666

Nous nous couchons tôt le soir et nous levons tôt le matin. Les coureurs des bois et les autres hommes qui viennent ici prendre un peu de bon temps après leurs dures journées d'ouvrage sont souvent debout avant l'aube. Les habitants ne viennent pas à l'auberge. Ils dorment chez eux bien avant que nous ayons même l'idée de nous retirer pour la nuit. La vie des habitants est très dure, dans ce pays.

La vie de leurs femmes aussi.

Le 5 décembre 1666

Aujourd'hui, ma tante Barbe nous a envoyées, Kateri et moi, porter du pain frais et de la soupe à l'hôpital.

« C'est le moins que je puisse faire pour mademoiselle Mance, a-t-elle dit. Comme elle a été bonne envers mon cher mari, Jules, avant qu'il ne meure! »

Jeanne Mance est une de ces personnes profondément bonnes, qui ne pensent qu'aux autres. Elle est venue s'installer sur cette île avec le premier groupe de colons arrivant de France. On prétend même que, sans elle, Montréal n'existerait sans doute pas, aujourd'hui. Elle a fondé l'Hôtel-Dieu, et ses premiers malades ont été des hommes blessés lors d'une bataille contre les Iroquois.

Montréal ne ressemble en rien à La Rochelle, ni même

à Reignac. C'est plutôt comme une petite forteresse en perpétuel état de siège, mais avec l'école de la sœur Bourgeoys, un hôpital et quantité de maisons. Je ne peux pas imaginer ce que ça pouvait être quand mademoiselle Mance a posé le pied sur cette île pour la première fois, il y a de cela plus de vingt ans.

Elle est beaucoup plus courageuse que moi.

Le 6 décembre 1666

J'ai la main qui tremble en écrivant ces mots.

Kateri et moi avons eu une longue conversation pendant que nous étions assises à la cuisine, cet après-midi, occupées à filer. Ou plutôt, Kateri filait, et moi je fabriquais des nœuds avec ma laine. Je me doutais bien qu'elle voulait me parler de ce qui l'avait tant chagrinée, à la boutique.

« Il ne s'est célébré que quelques mariages entre les Indiennes et les Canadiens ou les Français, a-t-elle commencé à raconter. Je ne sais pas pourquoi. Les Iroquoises n'en veulent généralement pas pour époux. Papa dit qu'il y a trop de différences dans la manière qu'ont les Français de voir les choses. »

Elle m'a regardée attentivement afin de voir si je n'en étais pas choquée. Je ne l'étais pas.

« Mon père aimait ma mère profondément, Hélène. Il est Français, mais une partie de lui est devenue iroquoise. Il a sa boutique ici, mais il a aussi vécu parmi les Iroquois pendant trois ans, avant d'épouser maman. Je suis née là-bas. Quand maman est morte, nous avons quitté le village. Il a besoin d'y retourner de temps à autre. »

Nous sommes restées silencieuses un certain temps, occupées à réfléchir à ce qui venait d'être dit. Quand elle a repris son récit, ses paroles étaient chargées de douleur.

Elle m'a expliqué qu'ils s'étaient mariés à la façon des Iroquois et non devant un prêtre. Sa maman a été baptisée après la naissance de Kateri, mais elle est morte avant que le prêtre n'ait l'occasion de les marier.

« Ici, les gens disent qu'il n'y a pas eu de mariage du tout, que ce n'est qu'une façon de sauver les apparences et que je suis une bâtarde. » J'ai eu du mal à entendre ce qu'elle a dit ensuite. Son père lui a dit d'ignorer ces bavardages, que les gens ne savaient pas ce qu'ils disaient et que c'était un mensonge. « J'essaie d'y faire face, Hélène, a-t-elle finalement murmuré. Mais j'ai si mal! »

Je l'ai serrée contre moi tandis qu'elle pleurait. Maintenant, elle dort. Je ne sais que penser. Toute ma vie, papa m'a parlé des liens sacrés du mariage. La façon de faire des Iroquois est très différente de la nôtre, encore plus différente que tout ce que j'ai pu en entendre dire jusqu'ici. Il est certain que le mariage est quelque chose de sacré pour eux aussi, à leur façon.

Papa me disait de ne jamais porter de jugement avant d'être sûre d'avoir fait le tour d'une question, et que, bien souvent, il valait même mieux éviter de juger. Tout ce que je sais, c'est que monsieur Aubry aimait sa femme et qu'il aime sa fille. Elle est sa véritable fille, et si j'en entends encore un seul utiliser cet affreux mot à son sujet, elle qui est sans défense, il aura affaire à moi, sa fidèle amie.

Le 7 décembre 1666

C'est le lendemain de la Saint-Nicolas. Papa, Catherine et Louise me manquent. Toute la journée, j'ai essayé de penser à autre chose.

Séraphin, comme d'habitude, a su m'aider. « Venez voir la partie », nous a-t-il suppliées, Kateri et moi. Nous l'avons donc suivi jusqu'à la grande porte. Il tenait à la main un drôle de bâton auquel était attachée, à un bout, une pochette faite de tendons tissés formant un petit filet.

Là, sur les terrains communaux, attendaient au moins deux douzaines d'hommes, Indiens ou habitants de Montréal. Ils couraient dans le champ, soufflant et criant, se bousculant, se faisant trébucher les uns les autres, glissant sur la neige et, malgré tout, riant à gorge déployée.

« Qu'est-ce que c'est? ai-je demandé. Pourquoi font-ils cela? »

« N'est-ce pas merveilleux? s'est exclamée Kateri. Vas-y, Séraphin! » Puis, s'adressant à moi : « Ça s'appelle *teh hon tsi kwaks eks* en langue iroquoise. »

« Les Jésuites appellent ça la crosse », m'a lancé Séraphin par-dessus l'épaule en se joignant aux autres.

Il nous a fallu une heure pour nettoyer ses blessures, ce soir-là. Il ne semblait en ressentir aucune douleur, même quand il a recraché une dent cassée. Ce jeu de la crosse n'est pas pour moi. J'ai encore toutes mes dents et je tiens à les conserver encore longtemps.

Le 9 décembre 1666

Jour de neige, lourde et mouillée. Ma tante Barbe dit que, parfois, il faut même déneiger les toits. Je ne voudrais pas faire ce travail.

Le 12 décembre 1666

Il fait si froid dans notre chambre, ce soir, que Kateri et moi avons toutes les deux enfilé deux paires de chaussons afin de

Je reprends. Quand vous avez un chien et un chat qui dorment dans votre lit, et que le chat décide de sauter sur le chien, ce n'est pas très intelligent d'avoir posé votre bouteille d'encre sur vos genoux. Demain, il y aura encore plus de linge à laver, donc encore plus de travail. Mais Kateri a tellement ri!

Le 14 décembre 1666

Monsieur Aubry est rentré à Montréal. Kateri et moi étions dans la salle, occupées à nettoyer les tables, quand la porte s'est ouverte et qu'il est entré. Elle était très contente de revoir son père et, naturellement, tout le monde s'est arrêté de travailler.

« Bonjour, mademoiselle! » m'a-t-il dit, en s'inclinant pour me saluer.

Je l'ai salué à mon tour, en lui faisant une petite révérence. Ourson sautait tout autour en agitant la queue frénétiquement, tandis que Minette s'était assise à mes pieds, l'air de dire : « Quel chien idiot! »

Je dois avouer que j'ai eu grand plaisir à revoir monsieur Aubry. Il avait les joues toutes rouges à cause du froid, et sa capote était couverte d'une épaisse croûte de neige. Malgré son teint rougeaud et en dépit de la fatigue occasionnée par un tel voyage, il se dégageait de lui un air de bonheur que je ne lui avais jamais vu auparavant. Sa visite chez les Iroquois lui a probablement fait du bien.

Il a déposé son mousquet et son sac, puis a enlevé ses mitaines et son chapeau. Ensuite, il a enlevé son foulard et retiré sa capote.

« Voudrais-tu manger, papa? lui a demandé Kateri. Toute la journée, nous avons préparé des plats et fait cuire du pain. Les tourtières d'Hélène sont délicieuses, car elle est bonne cuisinière. Elle a mis dedans notre meilleur lard salé et un peu de venaison. Et sa pâte est bien plus feuilletée que la mienne. »

Tous ces compliments m'ont fait terriblement rougir. J'ai horreur de rougir, presque autant que de pleurer.

« Cela me semble très appétissant, mais je n'ai pas vraiment faim », a dit monsieur Aubry.

Nous n'avions aucun client à ce moment-là. Kateri s'est assise près de son père tandis qu'il lui donnait les nouvelles. Ourson s'est couché en rond à leurs pieds et, pendant quelques secondes, je me suis sentie triste, devant cette scène touchante. Ils avaient l'air heureux de se retrouver en famille.

« Venez près de nous, mademoiselle », m'a gentiment dit monsieur Aubry.

« Oui, Hélène, va auprès d'eux! » m'a ordonné ma

tante Barbe. Et elle a ajouté que je devrais aller marcher avec monsieur Aubry et Kateri quand ils retourneraient chez eux, que l'air frais me redonnerait un peu de couleur aux joues.

Elle s'est agitée jusqu'à la porte de la salle, avant d'en sortir. C'est la seule façon de décrire sa manière de marcher. La salle est vide puis, soudain, elle est remplie par la seule présence de ma tante Barbe.

Selon moi, je n'ai jamais eu si bonne mine que maintenant. Mais j'ai enlevé mon tablier et me suis assise en face d'eux, tandis que monsieur Aubry répondait à tout ce que voulait savoir Kateri, sans même qu'elle ait à poser la moindre question.

Les gens de leur famille se portaient bien. J'ai d'abord été surprise de l'entendre dire ça, mais, après tout, c'est sa famille à lui aussi. La maladie n'avait pas encore frappé leur village, cet hiver. Tous saluaient affectueusement Kateri.

Monsieur Aubry a demandé à Kateri d'aller chercher ses affaires, car il était temps de partir.

« Nous accompagnerez-vous, mademoiselle? » m'a-t-il demandé quand elle est revenue.

J'ai répondu que je le ferais avec plaisir.

« J'ai un présent pour vous, et un pour toi aussi, Kateri, a-t-il ajouté tout en retirant quelque chose de son sac. Ne me dites pas qu'il n'est pas convenable pour vous d'accepter un présent de ma part. C'est une chose dont vous avez besoin. Les jeunes Françaises, et même les Canadiennes, en portent rarement, mais vous êtes pleine de bon sens et vous comprendrez immédiatement que c'est dans votre intérêt de le faire. »

« Papa! s'est écriée Kateri. Des bottes sauvages toutes neuves! Je vais te montrer comment les mettre, Hélène. »

Monsieur Aubry avait les mêmes aux pieds. Il m'a expliqué que ce sont les chaussures d'hiver des Indiens, faites de gros cuir bien graissé. La tige de la botte, faite de cuir d'orignal, enveloppe le mollet et est maintenue en place par des lacets qu'on croise devant puis derrière.

« Tu auras les pieds secs et bien au chaud », a dit ma tante Barbe, qui était revenue dans la salle, portant une soupière.

Elle a décidé de nous accompagner, sans que ce soit une question de convenances, car monsieur Aubry est un homme bien sous tous les rapports. Seulement, elle voulait apporter de la soupe à madame Pitou qui est si seule depuis la mort de son mari. Elle a demandé à Séraphin de garder la maison.

« Oui, madame! » a-t-il répondu avec empressement. Puis, à un coureur des bois dont la tasse était vide : « On dit que vous arrivez de l'Ouest, monsieur. Laissez-moi vous resservir, et vous me raconterez vos aventures. Pour quelques sous, bien entendu. »

Trois femmes bien emmitouflées dans d'épais vêtements, accompagnées d'un chat et d'un chien, descendant la rue Saint-Paul avec monsieur Aubry : c'était tout un spectacle! Il faisait froid, mais le ciel était clair, et le soleil faisait scintiller la neige. Soudain, je me suis senti le cœur léger comme jamais auparavant.

Devant la boutique, ma tante Barbe nous a laissés, continuant son chemin jusque chez madame Pitou.

Monsieur Aubry a bien essayé de la dédommager pour la nourriture qu'avait mangée Kateri pendant les dernières semaines, mais ma tante Barbe n'a rien voulu entendre. Puis ses yeux se sont mis à briller d'une lueur de malice. « Je sais bien qu'il faut souffrir pour être belle, mais j'ai horreur du froid, surtout quand j'ai les pieds mouillés. Vous seriez gentil de m'apporter de ces bottes sauvages, la prochaine fois que vous aurez l'occasion de vous en procurer. »

Monsieur Aubry a semblé satisfait de la proposition. C'est un homme fier, qui n'aime pas dépendre de la charité des autres. J'avais pu moi-même m'en rendre compte, en une autre occasion.

Elle s'est assurée que monsieur Aubry me ramènerait à la maison puis, avant même que lui ou moi ayons pu ouvrir la bouche, elle est partie comme un coup de vent.

Il a ouvert la porte, et nous sommes entrés. L'air paraissait plus froid à l'intérieur, mais c'est toujours ainsi, quand on laisse une maison vide en plein hiver. Il s'est tout de suite occupé de faire un feu dans l'âtre, battant d'abord le briquet, puis soufflant doucement sur la mèche afin d'entretenir la petite flamme dont il avait besoin pour enflammer le petit bois. Il allait bientôt faire chaud dans la maison.

Avec Ourson les talonnant, monsieur Aubry et Kateri sont allés à la cuisine, derrière l'atelier, pour y allumer un second feu. Minette en a profité pour cracher à la figure d'Ourson quand il est passé devant elle.

Une fois seule, je me suis mise à examiner la pièce où je me trouvais. C'était un atelier d'artisan. Les outils de monsieur Aubry étaient tous bien rangés. Il y avait la forge avec ses soufflets, et un établi. Il est armurier et fabrique d'excellents mousquets, mais il exécute aussi toutes sortes de travaux de réparation. Le local était propre et en ordre.

Minette a sauté sur l'établi, où elle s'est étirée d'aise. Quelle sans-gêne!

« Elle se sent ici comme chez elle, mademoiselle. »

Je me suis retournée pour faire face à monsieur Aubry. Il s'est frotté la figure des deux mains puis a soudainement eu l'air las. Quand j'ai protesté pour qu'il me laisse rentrer seule à la maison, il n'a rien voulu entendre.

« Je vais te préparer quelque chose de chaud à boire en attendant ton retour, papa, lui a offert Kateri.

— Non merci, ma chérie, a-t-il répondu. J'ai mal à la tête et au dos. J'ai sans doute pris froid. »

Nous avons marché jusqu'à la maison dans un silence complice, à peine interrompu par quelques toussotements.

Mon lit me semble vide maintenant, avec seulement Minette contre moi. Mais je sais bien que la place de Kateri est auprès de son père. Je vais dire une prière pour monsieur Aubry, avant de m'endormir. Il n'avait pas l'air bien du tout.

Le 18 décembre 1666

Ma tante Barbe, qui se réjouit toujours des grands rassemblements, est occupée à préparer un repas spécial pour la fête de Noël et elle m'a dit qu'elle allait inviter monsieur Aubry et Kateri à se joindre à nous. Après la traite des vaches, demain, je me rendrai à l'atelier afin de les inviter.

Le 19 décembre 1666

Ils ont accepté l'invitation.

Le 20 décembre 1666

Ce matin, Minette était couchée sur mes genoux quand, soudain, elle s'est roulée sur le dos pour me demander de lui gratter la peau du ventre, comme elle aime tant que je le fasse. J'ai eu une surprise : ses tétons, gonflés et tout roses, pointaient au milieu de sa douce fourrure.

« Eh bien! a dit ma tante Barbe en se penchant pour regarder. Notre Minette est grosse. Dans environ six semaines, elle devrait avoir ses chatons. »

J'ai fait oui de la tête. Ma petite Minette, qui pour moi n'est toujours qu'un chaton, va être mère. J'ai pourtant tout fait pour la garder à l'intérieur pendant la saison froide, et elle n'est sortie que très rarement au cours des dernières semaines. Je crois que j'ai parlé tout haut sans m'en rendre compte. Comment une chose pareille a-t-elle pu arriver? me suis-je demandé.

« De la même manière que depuis la nuit des temps, Hélène », a répondu ma tante Barbe, qui en pleurait de rire.

Plus tard, quand je suis montée à ma chambre, elle est venue me retrouver et s'est assise au bord de mon lit.

« Hélène, je sais que tu n'avais que ton papa et qu'il ne t'a peut-être jamais parlé des devoirs conjugaux », a-t-elle commencé par dire avec prudence.

Je lui ai assuré que papa avait été très franc à ce propos. C'était un savant et un philosophe, après tout, même si son seul objet d'étude était les libellules. Je savais depuis longtemps, à propos du mariage et des enfants qui naissent, et aussi d'où viennent les chatons. Elle a alors esquissé un sourire.

« Pour les chatons et les autres choses, je m'en doutais, mais il fallait quand même que j'en sois certaine, a dit ma tante Barbe. Ma chérie, je suis vraiment heureuse de t'avoir ici, sous mon toit. »

Cela m'a fait vraiment plaisir, de l'entendre dire cela.

Le 21 décembre 1666

Ma tante Barbe et moi allons assister à la messe de minuit, le soir de la Noël. Quand je suis allée annoncer la nouvelle de la venue prochaine des chatons, j'en ai profité pour inviter Kateri à nous accompagner. Nous pourrions nous rencontrer devant l'église, ai-je suggéré.

Elle m'a répondu qu'elle viendrait, puis m'a demandé si elle pourrait avoir un des chatons à naître. Après coup, elle a demandé à monsieur Aubry si c'était possible. Elle a été ravie de nous entendre tous les deux lui répondre oui.

Puis, sans trop y réfléchir, je me suis entendue faire la même invitation à monsieur Aubry.

« Mon atelier est resté fermé depuis mon retour, et je suis très en retard dans mon travail. Je me sens un peu malade, mademoiselle, mais si je me remets dans les jours qui viennent, j'assisterai à la messe avec vous », a-t-il répondu d'une voix trahissant sa fatigue.

Peut-être s'est-il réconcilié avec l'Église. Peut-être a-t-il simplement voulu me faire plaisir. Peu importe. Il va venir. Je vais dire une prière pour l'aider à guérir bien vite.

Je lui ai trouvé bien mauvaise mine.

Le 25 décembre 1666

C'est maintenant le matin de Noël, de retour de la messe. Ni monsieur Aubry ni Kateri ne se sont rendus à l'église, la nuit dernière. Peut-être son état a-t-il empiré. Je vais aller me rendre compte par moi-même, à la boutique, plus tard dans la journée. Je suis très inquiète.

Le 31 janvier 1667

Tant de jours ont passé, depuis la dernière fois où j'ai ouvert ce journal, que je me suis même demandé si je me rappellerais comment écrire. Comme le disait souvent papa, la meilleure solution est de commencer par le commencement.

Je me suis rendue à la boutique d'armurerie, l'après-midi de Noël. Il y avait un vent chargé de neige, à vous glacer jusqu'aux os. J'ai laissé Minette à la maison, car je devais transporter un panier contenant des tourtières, du pain frais et un petit pot de beurre. Si j'avais eu trois mains, j'aurais pu emmener Minette aussi, mais elle a dû se contenter de rester au coin du feu.

La plupart des gens étaient chez eux. Un homme à dos de cheval m'a dépassée. Il devait avoir beaucoup d'argent, car ici, les chevaux sont rares. Quelques couples marchaient pliés en deux afin de lutter contre le vent, capuchons et foulards enroulés tout autour de la tête.

J'ai frappé à la porte de la boutique. Personne n'est venu répondre. Je suis donc entrée. Il n'y avait personne, et le feu était éteint. J'ai appelé monsieur Aubry, puis Kateri. Tout était silencieux, quand soudain Kateri est entrée en courant dans la boutique, arrivant de la cuisine.

« Oh, Hélène! s'est-elle écriée. Je remercie le bon Dieu que tu sois là. Papa est tellement malade. » Elle m'a raconté que, la veille, il avait perdu connaissance et que depuis, elle n'osait plus le quitter une seconde.

Nous nous sommes précipitées dans la cuisine. Monsieur Aubry, sous une couverture, reposait sur un matelas que Kateri avait réussi à glisser sous lui. Elle m'a expliqué qu'elle avait été incapable de le mener jusqu'à son lit. Le feu de cette pièce brûlait encore bien.

J'ai laissé tomber ma houppelande sur le sol et me suis agenouillée à son chevet. J'ai posé ma main sur son front. Il brûlait de fièvre, et sa chemise était trempée de sueur. Il gémissait et agitait la tête sans cesse. Des mèches de cheveux lui collaient aux joues. À côté de lui, sur le plancher, il y avait un bassin d'eau et une serviette. Je lui ai doucement écarté les cheveux de la figure afin de pouvoir lui rafraîchir le visage. Et c'est là que j'ai vu.

Kateri a hurlé. Elle s'est mise à gémir, en se balançant sur les pieds, d'avant en arrière. « Ce n'est pas possible! Ce n'est pas possible! Non, papa! Non! »

Monsieur Aubry avait la petite vérole. Bien des maladies se ressemblent, et il est facile de se tromper, mais c'est moi qui ai soigné papa quand il a eu cette maladie. J'en reconnais les signes.

« Je cours chercher Séraphin, a dit Kateri. Il est assez fort pour transporter papa jusqu'à l'Hôtel-Dieu. Il faut l'emmener à l'hôpital. »

Je l'ai rattrapée par le bras pour l'arrêter dans son élan. J'étais certaine qu'ils ne permettraient pas à monsieur Aubry d'entrer dans l'hôpital. Si elle-même sortait de la maison, d'autres personnes pourraient attraper la maladie à son contact. Il fallait condamner la porte, rester à l'intérieur et le soigner nous-mêmes.

Ma tante Barbe est venue plus tard, dans l'après-midi, inquiète de ne pas me voir revenir. Je lui ai appris la terrible nouvelle en lui parlant par la fenêtre que j'avais ouverte.

« J'en ai le cœur brisé, a-t-elle dit, mais je ne dois pas entrer. » C'était terrible d'entendre la douleur qu'il y avait dans le ton de sa voix. Elle a dit qu'elle nous apporterait tout ce dont nous aurions besoin et qu'elle prierait pour monsieur Aubry. Puis elle s'est essuyé les yeux et a murmuré : « Je vais prier aussi pour Kateri et pour toi, Hélène, afin que vous ne tombiez pas malades. »

J'avais veillé au chevet de papa et je n'avais pas attrapé la petite vérole à son contact. J'ai donc prié pour que Kateri ne tombe pas malade. Il n'était pas question qu'elle quitte la maison, car elle avait été exposée à la maladie de son père. Sans arrêt, j'ai prié pour que monsieur Aubry survive à sa maladie. J'avais soigné papa, mais il était mort, malgré tout ce que j'avais fait pour lui.

Les jours et les nuits passaient lentement. Kateri et moi veillions son père à tour de rôle, prenant soin de lui rafraîchir régulièrement le visage et le corps, et de l'obliger à boire quelques gorgées d'eau. Il était couvert de vésicules et de pustules, et j'ai dû lui enfiler des mitaines afin de l'empêcher de les gratter. Il était tellement malade!

Ma tante Barbe venait nous voir plusieurs fois par jour. Parfois, c'était pour nous apporter à manger. D'autres fois, simplement pour nous encourager ou nous donner des nouvelles. Tous les jours, un des prêtres s'arrêtait pour prier devant la porte close de la boutique. Un soir, ma tante Barbe est venue nous chanter des chansons. Quand j'ai entendu *Un flambeau, Jeannette, Isabelle*, les larmes me sont montées aux yeux. Elle ne pouvait pas savoir que c'était ma chanson de Noël préférée.

Séraphin venait quand il le pouvait, restant au milieu de la rue pour nous rapporter, à Kateri ou à moi, des nouvelles de la ville. Parfois, je l'écoutais à peine, tant j'étais préoccupée par l'état de monsieur Aubry, mais sa gentillesse me faisait chaud au cœur.

« Je suis allé avec les soldats pour couper de la glace sur le fleuve, là où l'eau n'est pas très profonde, nous a-t-il dit. Il n'y en a pas encore très épais, pour le moment, mais ils disent que ça viendra bien assez vite. »

Il m'a dit que Marie-grain-de-beauté, devenue maintenant madame Ouellette, était venue à la ville avec son mari, il y avait quelques jours. Ils ont mangé à l'auberge et laissé un sac de blé d'Inde en guise de paiement. Madame Ouellette a dit qu'elle n'oublierait aucun de nous dans ses prières.

Il paraît que des coureurs des bois sont arrivés de Québec, bien que ce soit déjà le plein hiver. En route, ils n'ont eu aucun problème avec les Indiens mais, maintenant, ils troublent la paix publique. Ils se promènent dans les rues de la ville en chantant et en criant. D'autres hommes, dont quelques jeunes nobles qui vivent ici et peuvent se permettre d'agir de la sorte, les ont encouragés avec de l'eau-de-vie et se sont même joints à eux, habillés en Indiens.

« Madame dit que ce ne sont que des vauriens et qu'on devrait les chasser de la ville », a dit Séraphin.

Le ton de sa voix s'est mis à baisser, puis il s'est tu complètement, car il voyait bien que je ne l'écoutais pas. Finalement, il a murmuré : « Mademoiselle? »

J'ai levé les yeux vers lui.

« Vivra-t-il? »

Je lui ai répondu que je n'en savais rien.

Le 1er janvier, fête de la circoncision de l'enfant Jésus,

et le 6 janvier, fête de l'Épiphanie, sont passés inaperçus pour Kateri et moi, qui ne pouvions nous joindre aux festivités. Les gens marchaient dans la rue, se rendant à la messe, mais en prenant garde de ne pas s'approcher des murs de la boutique.

Puis, un beau jour, dans l'après-midi, monsieur Aubry a ouvert les yeux. La nuit précédente, la fièvre avait commencé à baisser et là, en posant doucement ma main sur son front, je le sentais beaucoup moins chaud. Kateri dormait à côté de lui, étendue sur le plancher, avec Ourson tout contre elle.

Monsieur Aubry a levé les mains en l'air, regardant les mitaines que je lui avais enfilées. Quand il a vu toutes les pustules qu'il avait sur les bras, il a fermé les yeux pour ne pas en voir davantage.

Elles guériront, l'ai-je assuré. Les pustules allaient sécher, les croûtes allaient tomber, et il se sentirait mieux de jour en jour. J'avais de la soupe pour lui. Il fallait qu'il en prenne un peu. Il a détourné les yeux.

Kateri s'est réveillée et s'est mise à pleurer de joie quand elle a vu que son père commençait à aller mieux. Les larmes me sont montées aux yeux, moi aussi.

Monsieur Aubry s'est mis à recouvrer la santé. Petit à petit, il a repris de l'appétit et, chaque jour, il réussissait à rester un peu plus longtemps hors de son lit. Quand il a commencé à ronchonner, disant combien il avait besoin de sortir de cette maison et combien il avait accumulé de retard dans son travail, j'ai su qu'il allait vraiment mieux.

J'ai commencé à songer à retourner à la maison.

Vêtues de vêtements tout propres, Kateri et moi avons brûlé tout le linge de lit et le matelas, ainsi que tous les vêtements que nous avions portés tandis que nous avions pris soin de son père. Nous avons assaini l'air de l'atelier et de la maison en y faisant des fumigations d'écorces de cèdre blanc que ma tante Barbe nous a apportées. La petite vérole était maintenant bel et bien chassée de cette maison. Grâce au bon Dieu, personne d'autre à Montréal ne l'avait attrapée. Je pouvais enfin m'en aller.

Séraphin est venu me chercher. Il a dit que c'était agréable de pouvoir me voir sans qu'un châssis nous sépare.

J'ai embrassé Kateri, et il ne me restait plus qu'à faire mes salutations à monsieur Aubry. Je l'ai trouvé à la cuisine, seul, en train de se regarder dans un petit miroir. Il avait les joues toutes ponctuées de croûtes. Là où elles étaient déjà tombées, une profonde cicatrice creusait la peau.

Je suis prête à jurer que je n'avais pas d'autre intention que de le saluer, mais c'est tout autre chose qui m'est sorti de la bouche. Il y a quelques mois, lui ai-je rappelé, il m'avait dit qu'il avait quelque chose à me demander.

Monsieur Aubry m'a regardée, avec toute la tristesse du monde dans les yeux.

« Ce n'est plus important maintenant », a-t-il grommelé. Puis il s'est tourné vers moi. « Je voulais vous demander si vous accepteriez que je vous fasse la cour afin de passer du temps ensemble en toutes convenances et d'apprendre à nous connaître mieux. Mais ma maladie vient tout changer. »

Il a rougi jusqu'à la racine des cheveux, en s'excusant de son audace.

Je lui ai alors raconté que monsieur Deschamps m'avait demandée en mariage. Monsieur Aubry est devenu blanc comme un linge.

« Avez-vous accepté? » m'a-t-il demandé.

Je lui ai dit que non, que monsieur Deschamps ne m'intéressait pas, ni lui ni son chapeau de castor, et que j'étais encore trop jeune pour me marier.

Monsieur Aubry a répondu qu'il était d'accord. Il semblait très soulagé. « C'est justement pour cette raison que je voulais vous demander du temps pour les fréquentations, a-t-il dit. Nous aurions pu passer du temps ensemble, de manière simple et agréable. »

Puis, après quelques secondes d'hésitation : « Mais je ne peux vous imposer la compagnie du monstre que je suis devenu. »

Je lui ai alors répondu qu'il allait me condamner à accepter une demande en mariage véritablement monstrueuse, celle de monsieur Deschamps avec son chapeau de castor. Pouvait-il me livrer à un tel sort? Puis je lui ai dit que j'étais d'accord pour passer des moments agréables avec lui, afin d'apprendre à nous connaître. « Jusqu'à ce jour, les moments passés ensemble n'ont pas été particulièrement agréables », ai-je ajouté d'un ton taquin.

Il a souri de travers. Il a dit que les gens l'auraient laissé mourir là, que personne n'aurait eu le courage d'entrer chez lui, tant la peur de la petite vérole était grande. « Kateri ne m'aurait pas abandonné, a-t-il ajouté. Mais elle n'aurait su que faire. Vous le saviez, et je vous dois la vie. Vous pouvez me demander de décrocher la lune en retour, et je vous promets que je le ferai! »

J'ai alors osé proposer que nous allions nous promener par les rues, quand il en aurait le temps. Son sourire est revenu, trahissant sa joie.

Je suis de nouveau assise dans mon lit, sous mes draps fraîchement lavés. Minette a posé sa grosse bedaine à côté de moi. Même s'il n'est pas recommandé de prendre son bain trop souvent, surtout au beau milieu de l'hiver, je me suis lavée de la tête aux pieds, y compris les cheveux, dès mon retour chez moi. Je dégageais une telle odeur de maladie que même Séraphin, que ce genre de chose ne dérange pas beaucoup, a fait la grimace en sentant mon odeur.

J'aurais aimé que monsieur Aubry ne reste pas marqué par sa maladie, mais il n'y a rien à faire pour éviter les cicatrices. Papa disait tout le temps que le bon Dieu n'envoie jamais plus d'épreuves que chacun ne peut en supporter. Cela m'a toujours étonnée. C'est peut-être vrai. Quant à moi, je suis sûre d'une chose. J'ai perdu toute ma famille et je ne crois pas que j'aurais supporté de perdre aussi monsieur Aubry. Il a le visage marqué par la petite vérole, mais, dans son cœur, il n'a aucune cicatrice, et c'est tout ce qui importe.

Je me rends compte que, pour la première fois, j'ai parlé de la maison de ma tante Barbe en disant « chez moi ». Je m'y sens vraiment comme chez moi, maintenant. Quel bonheur!

Voici mes mots iroquois pour aujourd'hui. « Ami » se dit *oryé*, et « je suis content », *wakatshennonni*. Kateri m'a dit le mot pour « petite vérole ». Je ne veux pas l'écrire.

Le 1ᵉʳ février 1667

C'est le premier jour du mois. « Février » se dit *enniska* en langue iroquoise, ce qui se traduit par « retard ». Une violente tempête de neige souffle sur Montréal, et personne n'est venu à l'auberge. C'est pourquoi je peux prendre le temps d'écrire ici, au coin du feu. Comme il est étrange qu'une chose aussi banale me fasse tant plaisir. Le vent souffle si fort qu'il fait claquer les volets, et il fait un froid de canard. Minette ne part plus vagabonder. Ma tante Barbe dit qu'elle devrait mettre bas très bientôt. Ma tante m'appelle du haut de l'escalier. Je dois m'interrompre pour aller voir ce qu'elle me veut.

Ce soir

Quand j'ai pénétré dans ma chambre, car c'est de là que m'appelait ma tante Barbe, Minette, à qui il arrive de se coucher sur mon lit durant la journée, n'y était pas. Ma tante Barbe l'avait trouvée couchée dans mon coffre, dont le couvercle reste généralement ouvert ces derniers temps, et elle n'était pas seule. Cinq petits chatons tétaient, le nez collé contre son ventre tout chaud. Il y en a un noir, comme Minette, deux roux et deux gris. Il y a beaucoup de chats noirs, roux ou gris à Montréal. Je ne pourrai jamais savoir, lequel est le père des petits.

Le 2 février 1667

La tempête est terminée. Monsieur Aubry s'est présenté aujourd'hui à notre porte, tirant Kateri sur une traîne, qui est une sorte de traîneau que les gens d'ici fabriquent avec des planches de bouleau. C'est fait de manière très ingénieuse. Les planches recourbées à l'avant font en sorte que l'engin reste toujours à la surface de la couche de neige, et on peut même transporter ainsi de lourdes charges. Lui-même portait des raquettes, des espèces de grandes palettes passées sous ses pieds et maintenues en place par des lacets venant se croiser sur ses bottes sauvages. Il m'a dit de m'habiller bien chaudement et de venir les rejoindre.

Quand je lui ai demandé s'il était certain de pouvoir tirer une telle charge, il a répondu que, à nous deux, on ne pesait pas très lourd.

« Profites-en bien! » m'a dit ma tante Barbe, qui était à la cuisine. Et à Minette qui tentait de nous suivre : « Hé, toi! Viens par ici, ma Minette! Il fait trop froid pour tes papattes, et tes chatons ont besoin de toi. Tu viendras les voir à votre retour, Kateri. »

Il faisait froid au delà de tout ce que j'ai jamais pu imaginer. Kateri était assise derrière moi, et nous croulions sous un tel amoncellement de couvertures qu'on ne voyait de nous que le haut du visage. Ourson trottinait à nos côtés. Il portait des bottes de cuir pour protéger ses pattes du gel.

Nous sommes allés ainsi, par les rues. Nous avons croisé beaucoup de monde, malgré le froid. Certains tiraient une traîne comme la nôtre derrière eux. L'activité de la ville ne s'arrête pratiquement jamais à Montréal, même quand il fait très mauvais temps. La plupart des gens me sont encore inconnus, mais j'ai reconnu quelques personnes. J'ai vu la sœur Bourgeoys et son amie, mademoiselle Mance, au moment où elles sortaient de l'école.

Puis j'ai vu monsieur Deschamps. Un domestique le précédait, balayant la neige devant ses pieds afin qu'il puisse marcher plus facilement. On aurait dit le Roy en personne. Mais la journée était trop belle pour la gâcher avec de telles pensées. Je me suis donc faite toute petite, bien enfoncée sous toutes mes couvertures. Mais il m'a quand même aperçue.

« Bonjour, mademoiselle St-Onge! » a-t-il dit d'un ton pompeux. Il a retiré son chapeau, puis exécuté une profonde révérence avant de le remettre sur sa perruque. J'ai remarqué qu'il avait une nouvelle perruque, à cheveux longs et bouclés. Ç'aurait pu faire un magnifique manchon.

Je l'ai salué à mon tour. Il a ensuite dit bonjour à monsieur Aubry, de même qu'à Kateri. Je n'ai pas été surprise, quand j'ai vu qu'aucun des deux ne le saluait en retour. Cela ne l'a pas arrêté. Il avait entendu dire que monsieur Aubry avait eu la petite vérole. « Ça laisse de terribles cicatrices, n'est-ce pas? Ne désespérez pas, monsieur. Une fille dotée d'une mauvaise vue et avec un penchant pour les sauvages n'y verra pas trop d'inconvénients. »

Puis il m'a dit adieu, ajoutant qu'il passerait me voir bientôt. Et il est parti, toujours précédé de son balayeur personnel.

De retour à l'auberge, Kateri et monsieur Aubry sont entrés pour se réchauffer. Kateri est allée à la cuisine voir Minette et ses chatons, qui y ont maintenant une couchette près de l'âtre. J'ai profité de ce moment d'intimité pour dire à monsieur Aubry que ce qu'avait dit monsieur Deschamps n'avait aucune importance à mes yeux. Que je détestais la mesquinerie et la cruauté. Je finirai peut-être même par lui vider un pot de chambre sur la tête, si jamais il passe me voir.

Monsieur Aubry en a bien ri. « Je me garderai bien de l'avertir », a-t-il promis.

J'ai dit mon chapelet, ce soir, dans l'espoir de me montrer plus calme quand je reverrai monsieur Deschamps. Il serait peut-être même plus prudent d'en dire un deuxième.

Le 3 février 1667

Kateri est venue seule, ce soir, car son père est resté chez eux pour travailler. Ça m'a fait tout drôle, et je me suis alors rendu compte à quel point j'apprécie sa présence.

Malheureusement, monsieur Deschamps est aussi venu à l'auberge et, même si la salle était pleine de clients, m'a demandé devant tout le monde de lui donner ma réponse. Avec toute la politesse dont je suis capable, je lui ai demandé de cesser de me presser. Je n'ai aucune envie de l'épouser. Je me suis retournée, ravalant ma colère.

Il est resté silencieux pendant quelques secondes. Puis il a dit : « C'est à cause d'Aubry, n'est-ce pas? Oui, je vois, c'est bien ça. »

Je me suis retournée vers lui. Il a d'abord pâli, puis est devenu rouge comme une betterave. Je ne veux pas écrire ici les horreurs qu'il a alors dites à propos de monsieur Aubry. Selon lui, ceux qui fréquentent les Iroquois, épousent des Iroquoises et en ont des enfants, n'appartiennent pas à la même société que « messire » Deschamps.

« Il vit comme une bête, Hélène. Vous voudriez d'un tel destin? Je ne le crois pas. » Puis il est sorti, en affirmant que je reviendrais à la raison.

Je suis montée à ma chambre pour pleurer, à cause des méchancetés que monsieur Deschamps a dites à propos de mes amis. J'ai remercié le bon Dieu que Kateri n'ait rien entendu, car elle était à la cuisine avec ma tante Barbe. Ces paroles malveillantes m'ont fait aussi mal que si elles avaient été proférées à mon sujet.

Ensuite, je me suis fâchée contre moi-même, de me laisser ainsi atteindre par les méchancetés de monsieur Deschamps. Minette me tapotait la joue de sa patoche, comme si elle avait voulu me dire « Ne pleure pas ». Cela m'a réconfortée.

Quand je suis redescendue, ma tante Barbe et Kateri étaient dans la grande salle.

Ma tante Barbe ne m'a pas demandé ce qui s'était passé. Elle a simplement prié un des clients d'ouvrir les volets. La salle était très enfumée à cause des pipes qu'ils fumaient, et sa chère nièce en avait les yeux tout rougis.

Le 4 février 1667

Monsieur Aubry a demandé à ma tante Barbe si elle pouvait lui prêter Séraphin pour quelques heures.

Séraphin a dit à ma tante qu'il avait abattu beaucoup d'ouvrage, ce matin, à nettoyer l'étable et à fendre du bois. Alors, elle a accepté. Ils sont partis tous les deux, monsieur Aubry portant son mousquet et un grand sac, et Séraphin tenant à la main un filet et une perche. J'aurais aimé les suivre! Je peux me promener dans les rues sans danger, le jour, mais au delà de la palissade, c'est trop dangereux.

Quand ils sont revenus, monsieur Aubry a demandé s'il pouvait garder Séraphin encore pour l'après-midi, avant qu'il ne fasse trop sombre.

« Nous avons découpé des trous dans la glace et, avec les perches, nous avons tendu un filet, m'a expliqué Séraphin, tout excité. Nous l'avons lesté avec des pierres. Il y aura du poisson frais au menu de ce soir. »

Et il y en avait. À leur retour, monsieur Aubry a vidé sur la table de la cuisine un plein sac de poissons blancs et de petits brochets. Kateri et moi les avons vidés et écaillés. C'était très bon à manger, grillé avec du lard.

Il y a des jours, comme ça, où je ne pense qu'à la nourriture.

Le 9 février 1667

Il y a eu une attaque. J'en ai entendu parler ce matin, et j'ai appris qu'un homme et sa femme s'étaient fait tuer. Ce n'est que cet après-midi que j'ai su les noms des victimes.

Ils s'appelaient Ouellette.

C'était Marie-grain-de-beauté et son mari. Ils ont dit que ce n'était pas l'œuvre des Iroquois, mais d'autres Indiens qui étaient de passage dans la région. On pouvait le savoir à l'examen des pointes de flèche qui s'étaient fichées dans leur chair. Et les ailerons, à l'autre bout des flèches, étaient caractéristiques d'une autre tribu.

J'ai pleuré, et pleuré. Je ne la connaissais pas bien. Mais Marie a supporté le long périple qui mène de France jusqu'ici pour y vivre sa vie. Pour y vivre, tout simplement. Pas pour y mourir sauvagement.

Le 10 février 1667

Ce soir, quand monsieur Aubry est arrivé à la maison avec Kateri, il portait un gros paquet.

Il apportait les bottes sauvages promises à ma tante Barbe. Elle les a enfilées sur-le-champ. Puis il a dit qu'il avait aussi quelque chose pour moi. Quelque chose d'important.

« Ha? Vraiment? a demandé ma tante Barbe. Viens m'aider à la cuisine, Kateri. »

Elle sait bien manigancer pour nous laisser tous les deux ensemble! Cela me met au désespoir, même si je l'en remercie dans mes prières.

Monsieur Aubry a posé le paquet sur la table et l'a déballé. Dedans, il y avait un pistolet, une ceinture de cuir, une poire à poudre et une pochette de balles.

« J'ai fabriqué ce pistolet moi-même. Il est de la meilleure qualité qui soit. Si vous voulez bien mettre cette ceinture à votre taille, je vous montrerai comment y accrocher le pistolet et la poire à poudre. La pochette contient les balles. Ça marche comme ceci. Voilà. Maintenant, vous êtes armée! »

Comme toutes ces choses accrochées à ma taille me semblaient lourdes! Je suis armée, lui ai-je fait remarquer, mais je ne sais pas tirer. Et je pense que je n'y arriverai jamais. Monsieur Aubry a cessé de sourire et m'a dit qu'il me l'enseignerait. Il voulait que je lui promette d'apprendre à utiliser ce pistolet et que, si jamais il m'arrivait de franchir la palissade, ce que je ne devrais pas faire, je le porterais sur moi.

« Vous m'avez sauvé la vie, a-t-il dit. Il se pourrait qu'un de ces jours, vous ayez la vie sauve grâce à cette arme. » Puis il s'est arrêté quelques secondes, pour reprendre d'un ton grave. « Dans le pire des cas, elle vous évitera de tomber aux mains des Indiens. »

Je me suis rangée à son avis, et ma tante Barbe aussi. Tout cela me faisait réfléchir. Monsieur Aubry m'a assuré qu'aucun mal ne me serait fait par l'un ou l'autre des guerriers du village de Kateri. Il leur a parlé de moi. Toutefois, il y a beaucoup d'autres Iroquois. Est-ce que j'en arriverai, un jour, à tuer un des leurs? Est-ce que j'en arriverai à tourner ce pistolet contre moi, commettant ainsi un péché impardonnable? C'était sûrement tout cela qu'il voulait me laisser entendre. J'espère que je ne connaîtrai jamais le fond de sa pensée sur ces questions.

Le 12 février 1667

Monsieur Aubry m'a dit qu'il y avait eu la petite vérole au village de sa femme. Il l'a appris par un Iroquois venu ici pour faire la traite. Les gens n'en ont pas été trop gravement malades, et leur famille a été épargnée.

Il a ajouté qu'il avait aussi entendu dire que des gens de Montréal s'en réjouissaient et même que certains allaient jusqu'à prier pour que tous les Iroquois meurent, emportés par cette maladie.

Je sais maintenant comment charger et amorcer mon pistolet. La paix ne pourra jamais régner en Nouvelle-France tant que la haine règnera dans les cœurs.

Les jolis petits chatons ont commencé à ouvrir les yeux. Au moins, voilà quelque chose de gai et de réconfortant.

Le 14 février 1667

Je devrais bien dormir, ce soir, car j'ai passé beaucoup de temps au grand air, aujourd'hui. J'ai franchi la palissade pour la première fois depuis que je suis arrivée ici. Monsieur Aubry m'a emmenée sur sa traîne jusqu'aux terrains communaux. Des soldats étaient là, montant la garde tandis que des hommes puisaient de l'eau là où le fleuve n'a pas encore gelé.

Il a déposé une grosse gourde sur un rocher. J'ai chargé mon pistolet, puis tiré. Je l'ai rechargé, puis tiré de nouveau. J'ai recommencé dix fois de suite, jusqu'à en trembler des mains et des bras.

« Une gourde qui nargue une autre gourde! » m'a lancé un des soldats, mais c'était seulement pour rire.

Sur le chemin du retour, monsieur Aubry m'a dit que je n'avais qu'à les ignorer, que je parviendrais à bien tirer à force de pratique, que je le ferais sous sa surveillance et aussi souvent que possible.

Le 15 février 1667

J'ai le temps d'écrire quelques phrases avant de descendre à la cuisine, ce matin.

Une grosse neige humide est tombée cette nuit. Aujourd'hui, il ne fait pas trop froid. Les enfants s'amusent à rouler des boules de neige pour en faire des bonshommes, tout comme en France. Je me demande si les enfants du village de Kateri font la même chose.

Neige se dit *oniehté*, en langue iroquoise.

Le 16 février 1667

Il y a de la maladie dans la ville. Beaucoup souffrent d'un mauvais rhume. D'autres sont atteints d'une affection des poumons occasionnant de fortes fièvres, ou encore ont la rougeole. On raconte que le chirurgien leur a fait à tous des saignées, mais sans effet. Trois personnes sont mortes, la nuit dernière. Grâce à Dieu, il n'y a pas de cas de petite vérole.

Le 17 février 1667

Même durant l'hiver, les hommes abattent des arbres et fendent du bois. Il fait si froid en ces contrées qu'il faut de grandes quantités de bois pour ne chauffer qu'une seule pièce de la maison. Les habitants utilisent le bois des arbres abattus en défrichant leurs terres. On dit qu'il faut toute une année pour défricher un seul arpent de terre et encore, à condition d'y travailler sans relâche.

Ma tante Barbe paie un homme pour qu'il nous fende du bois. Sa préférence va au frêne, au chêne et aux autres essences à bois dur, car elles dégagent plus de chaleur. Elle ne veut pas de cèdre blanc ni d'épinette ni de sapin. Ces bois se consument trop rapidement. Mais ils sont quand même utiles à d'autres choses.

« Il faut fabriquer de la bière, Hélène. Je la ferais bien avec du riz, mais nos réserves sont trop basses. Nous allons prendre de l'épinette. Il n'y a rien de meilleur qu'une petite bière d'épinette fraîchement brassée. »

L'odeur de la vieille bière d'épinette que nous servons aux clients en ce moment ne me semble pas particulièrement agréable, alors, pour la fraîche, je suppose qu'elle doit avoir raison.

Nous avons haché des brindilles d'épinette et les avons fait bouillir dans de l'eau. Ma tante Barbe utilise aussi, à l'occasion, du sapin ou du cèdre blanc. Puis nous avons retiré les brindilles de l'eau. Ensuite, il fallait ajouter de la mélasse, mais comme il n'en reste plus, nous avons mis un peu de sucre. Nous avons fait bouillir ce nouveau mélange. Séraphin s'occupait de l'écumer. Quand ma tante Barbe a dit que le mélange avait suffisamment bouilli, nous l'avons mis à refroidir. C'est ainsi qu'on fabrique l'extrait d'épinette.

Nous avons fait bouillir d'autre eau, l'avons versée dans l'extrait d'épinette et y avons ajouté une grande tasse de levure. J'ai brassé le tout vigoureusement. Puis nous avons versé le mélange dans des barils pour le laisser fermenter pendant trois jours. Nous devrons y ajouter de l'eau pendant ce temps de fermentation.

Le 18 février 1667

Séraphin a fiché dans les bondes des barils des bouchons percés d'un petit trou afin de permettre à la bière de respirer. Sinon, les barils exploseraient. Mieux vaut ne pas y penser!

Nous pourrons y goûter dans trois ou quatre jours. Ma tante Barbe dit que ce sera délicieux, et je me tiens prête à me régaler. Car je veux bien la croire, bien qu'elle se fasse un festin... des têtes de rats musqués!

Le 19 février 1667

Monsieur Aubry a accepté de prendre Séraphin en apprentissage. Séraphin va continuer de travailler pour ma tante Barbe, mais il passera la moitié de la journée à l'atelier de monsieur Aubry. Monsieur Aubry en profitera pour lui montrer à tirer au pistolet.

Même s'il n'y a pas de corporations d'artisans ici, Séraphin apprendra son métier de la même manière que monsieur Aubry l'a fait en France. Un simple manouvrier ne bénéficie pas d'une grande considération, tandis que le métier d'armurier le fera bien vivre. Il devra d'abord apprendre à forger le métal et à travailler le bois. Avec le temps, il saura décorer ses pièces de jolis dessins gravés, de même que donner un beau fini aux pièces de métal sortant de la forge. Il sera alors devenu un maître artisan.

J'ai entrepris la tâche beaucoup plus ingrate de lui apprendre à lire et à écrire. Il doit le faire, s'il veut un jour tenir commerce à son nom. Nous avons commencé ce soir, avec son prénom.

Il en a, de la chance!

Le 20 février 1667

La bière d'épinette fraîche est horrible, autant pour le nez que pour la bouche. Et on en a fait une telle quantité! Heureusement que bien des clients l'apprécient. Comme à l'habitude, ma tante Barbe a accroché sur sa porte quelques petites branches d'épinette afin d'annoncer aux passants qu'elle avait de la petite bière d'épinette fraîche. Je pense qu'elle devrait accrocher toute une épinette : la bière se consommerait peut-être plus vite.

Monsieur Aubry aime bien avoir une tasse de bière d'épinette. Il en a bu une, ce soir, tandis que nous étions installés au coin du feu. Kateri, penchée au-dessus de la table, regardait Séraphin qui s'exerçait à écrire son nom et quelques mots simples. Je suis certaine que Séraphin aurait préféré jouer aux cartes ou au trictrac.

Monsieur Aubry parlait de son travail, et je l'écoutais. Il avait reçu encore quelques mousquets à réparer et il avait presque terminé l'arme à feu commandée par monsieur Talon. Il était allé tirer avec l'Intendant, alors que celui-ci se trouvait à Montréal, afin de lui montrer la qualité de ses mousquets. J'ai senti une bouffée d'air froid à cause de la porte qui venait de s'ouvrir, mais je n'ai pas regardé, car il y a sans cesse des gens qui entrent et qui sortent.

« Je recevrai une belle somme pour ce travail, a dit monsieur Aubry. Talon ne refuse pas de payer le prix qu'il faut pour le genre de mousquet qu'il veut. C'est un homme tout à fait comme il faut. Pas comme d'autres. » Il regardait du côté de la porte, la mine légèrement renfrognée. J'ai regardé à mon tour. Monsieur Deschamps était là.

Il a poliment demandé s'il pouvait me dire un mot. « Seule », a-t-il précisé.

J'ai refusé. Je lui avais déjà donné ma réponse.

« Votre réponse n'était pas recevable de mon point de vue, Hélène, a dit monsieur Deschamps d'un ton moins aimable. Je n'accepterai qu'une seule réponse, et c'est un oui. J'aimerais l'entendre de votre bouche, pour que nous puissions nous marier avant que je ne reparte pour Québec, la semaine prochaine. » Puis il a ajouté que je m'étais engagée à devenir une Fille à marier, mais que les mois avaient passé et je n'avais toujours pas accepté de me marier.

Encore une fois, je lui ai dit non et que, de toute façon,

il ne voulait pas d'une femme comme moi pour épouse. Après tout, je ne vois pas très bien et j'aime les Indiens! Il fallait voir les yeux lui sortir de la tête!

Monsieur Aubry s'est levé. « Vous avez eu votre réponse, Deschamps. Maintenant, laissez-la tranquille, sinon vous aurez à le regretter. »

« Je devrais vous défier en duel, Aubry, lui a craché au visage monsieur Deschamps. Mais je doute que vous possédiez une épée. »

J'ai rappelé à monsieur Deschamps que les combats en duel étaient interdits en Nouvelle-France. J'ai suggéré à monsieur Aubry d'en parler à l'Intendant Talon, lors de sa prochaine séance de tir, pour vérifier si je me trompais. Pendant quelques secondes, j'ai cru que les yeux de monsieur Deschamps allaient vraiment lui sortir de la tête pour venir rouler sur le plancher, au milieu de la salle. Minette n'en aurait fait qu'une bouchée!

D'un ton rageur, monsieur Deschamps a dit qu'il discuterait plus tard de cette question avec moi. « Seule », a-t-il précisé encore une fois.

Il n'en serait rien, a dit monsieur Aubry d'un ton bien posé, car je n'avais pas permis à monsieur Deschamps de m'appeler par mon prénom. « De la part d'un homme de votre rang, ce n'est pas très convenable », lui a-t-il rappelé.

« Vous vous trompez, dans le premier cas, mais vous dites vrai, quant au second, monsieur. Veuillez me pardonner, mademoiselle St-Onge. À plus tard, donc. » Et il est reparti.

Quand monsieur Aubry s'est rassis, je lui ai dit que je n'aimais pas les familiarités de monsieur Deschamps, mais qu'il ne me déplairait pas que lui-même m'appelle Hélène. Si cela lui convenait. Dans l'intimité.

Il le voulait bien, à condition que, moi-même, je l'appelle Jean. « Dans l'intimité », a-t-il ajouté.

Je me suis alors rendu compte à quel point la discussion que nous avions eue m'avait épuisée. Catherine pensait que d'avoir deux hommes se battre en duel à cause d'elle était très romantique. Elle avait tort. J'ai tenté de chasser l'horrible scène de mon esprit, car je ne voulais pas que la visite de monsieur Deschamps gâche notre soirée.

Quand Kateri et Jean se sont levés pour partir, celui-ci s'est arrêté quelques secondes, la tête penchée sur le côté.

« Chasse Deschamps de ton esprit, Hélène, m'a-t-il dit d'un ton ferme. C'est un moins que rien. Et merci pour cette très agréable soirée. Tu as un don pour surmonter les situations désagréables qui me plaît énormément. »

Ses paroles m'ont beaucoup plu aussi.

Le 22 février 1667

J'ai maintenant l'esprit en paix, grâce aux nouvelles reçues aujourd'hui, mais sur le coup j'étais morte d'angoisse. On ramène sans cesse du fort Saint-Louis des contingents de soldats du régiment de Carignan-Salières. Quand j'ai entendu dire que tous ces hommes étaient bien mal en point, j'ai été prise d'une immense frayeur, pensant qu'il pouvait s'agir de la petite vérole. Mais ce n'est pas ça. Cependant, ils sont tous vraiment malades, et ceux qui pourraient ne pas survivre ont été emmenés à l'Hôtel-Dieu.

Jean a apporté un cuissot de chevreuil. Demain, c'est le mercredi des Cendres, et le Carême va commencer. Nous devrons nous passer de viande pendant plusieurs semaines. Ce présent est donc très apprécié.

Le 24 février 1667

Ce soir, Jean a raconté à ma tante Barbe qu'aujourd'hui, j'avais réussi à ébrécher la gourde avec une de mes balles de pistolet. « Elle commence à bien viser », a-t-il précisé.

Je dois avouer que je suis assez fière de commencer à maîtriser le tir au pistolet. Si j'étais si contente, c'est aussi pour une autre raison. Je serais incapable de l'avouer de vive voix, mais j'étais aussi très fière d'avoir fait plaisir à Jean. Je prie de ne jamais avoir à tirer sur autre chose qu'une gourde.

Le 7 mars 1667

Le combat en duel n'aura jamais lieu, ce qui me réconforte, mais à cause d'un bien triste événement. Monsieur Deschamps est mort. Le groupe de voyageurs auquel il s'était joint pour se rendre à Québec s'est fait attaquer. Ils sont tous morts.

« Nous prierons pour lui, a dit ma tante Barbe tout en se signant. Ce n'était qu'un vaniteux, mais il ne méritait pas un tel sort. »

Personne ne le mérite.

Le 10 mars 1667

Comme j'aimerais me mettre quelque chose de frais et de vert sous la dent. Pourtant, nous mangeons mieux que bien d'autres. Le mari de ma tante Barbe l'a laissée veuve, mais avec suffisamment d'argent, et ses pensionnaires lui rapportent de bons revenus. Bien sûr, nous ne mangeons pas les mêmes choses que les gens riches, comme des amandes confites ou des fruits à l'eau-de-vie. Mais notre cellier, derrière la cuisine, est plein de toutes sortes de bonnes choses : grands baquets de choux, de betteraves, de carottes et de navets; barils de porc salé ou d'anguilles salées, alignés le long du mur, à côté des grandes poches de pois à soupe; tresses d'ail et bouquets d'oignons suspendus au plafond. Et l'arôme des fines herbes qui me chatouille le nez chaque fois que j'ouvre la porte : sarriette, fenouil, basilic, sauge, thym…

Le 12 mars 1667

Encore une épouvantable tempête. Ce matin, on pouvait à peine ouvrir la porte! Et en attendant que les rues soient déblayées, il est si pénible de marcher qu'on ne sort que si c'est absolument nécessaire.

Au delà de la palissade, hors de la ville, les gens ont la vie encore plus dure. Je me demande comment Marie-manque-une-dent se débrouille. Je prie pour que tout aille bien pour elle et son mari.

Le 15 mars 1667

Ma tante Barbe et moi avons apporté de grandes marmites de soupe au chou bien chaude à mademoiselle Mance, à l'hôpital. Les malades font pitié à voir. Ils ont le scorbut, et on ne sait pas comment c'est arrivé. Ils ont les gencives qui saignent, les bras, les jambes et le ventre tout enflés, et ils sont incapables de marcher. Mademoiselle Mance dit qu'elle a souvent vu cette maladie, mais presque uniquement en hiver. Ils s'en remettront, à condition de pouvoir bien manger.

Le 17 mars 1667

À la maison, nous avons tous le rhume. Je me sens misérable, mais un nez qui coule et un peu de toux ne sont pas des raisons suffisantes pour rester au lit.

Le 19 mars 1667

Ce matin, ma tante Barbe m'a dit que je l'avais empêchée de dormir toute la nuit, tant j'avais toussé. Quand elle a posé la main sur mon front, elle m'a trouvée fiévreuse, fait boire une infusion de consoude et m'a ordonné de retourner dans mon lit, où j'ai dormi une bonne partie de l'après-midi. Quand je me suis réveillée, je me sentais toute bizarre de me trouver là, couchée dans mon lit, alors qu'en bas, la vie continuait comme à l'habitude. Je ne me sentais pas tellement malade, mais impossible de désobéir aux ordres de ma tante Barbe.

Jean est resté dans la salle ce soir, mais Kateri est

montée passer un moment avec moi. Elle dit qu'elle va venir aider ma tante Barbe, demain.

Le 20 mars 1667

L'impatience et un sentiment de culpabilité m'ont tirée du lit, ce matin. Je ne faisais plus de fièvre et, même si je tousse encore, je me sens assez bien. Je le dois à ma tante Barbe. Jean ne semblait pas très content, ce soir, quand il a appris que j'avais travaillé toute la journée comme si de rien n'était.

« Tu le sais pourtant bien, a-t-il dit. Il n'est pas raisonnable de quitter son lit trop tôt, quand on est malade. »

Je lui ai chuchoté à l'oreille qu'avec une seule tasse de plus, je me serais noyée dans cette tisane.

Il a bien ri!

Le 25 mars 1667

Quand je me suis levée, ce matin, j'ai découvert qu'il y avait eu du brouillard pendant la nuit. Les arbres étaient restés tout verglacés et brillaient au soleil comme du cristal. Comme c'était beau!

Le 1er avril 1667

Jean dit qu'il sent le printemps arriver. Séraphin m'a dit un jour qu'en mer, il pouvait sentir une terre proche. Ce doit être merveilleux d'être tellement imprégné d'une chose qu'on peut presque la sentir. Peut-être qu'un jour, je me sentirai liée ainsi à cette contrée.

En attendant, je me rabats sur la bonne odeur du pain que j'ai fait cuire aujourd'hui.

Le 5 avril 1667

Je voudrais laver les planchers de la cuisine et de la salle. Balayer n'est plus suffisant, depuis que le temps s'est radouci et que la neige s'est mise à fondre. À longueur de journée, nous laissons des flaques d'eau sale sur nos pas, de la porte d'entrée jusqu'à la cuisine. J'avais pensé épandre de la paille pour absorber l'eau, mais ma tante Barbe a dit que ce serait encore pire.

J'ai nettoyé les tables, lavé la vaisselle, puis enfilé ma houppelande. Nous avons besoin de laine et de grandes aiguilles pour repriser les bas. Je voulais aussi acheter du feutre afin de fabriquer une autre paire de chaussons à mettre dans mes sabots. Les miens sont tout usés.

J'ai marché précautionneusement dans la neige fondue, jusqu'à la boutique de monsieur Salon. Il vend les meilleurs tissus. Et, ce qui ne gâche rien, il est honnête et affable. Et, comme par hasard, je devais passer devant chez Jean pour m'y rendre.

Jean m'a dit que la sève des érables avait commencé à couler. Les Iroquois en font un délicieux sirop. Je me réjouis d'avance d'y goûter.

Le 10 avril 1667

C'est le dimanche de Pâques, aujourd'hui. Après la messe, Kateri est venue prendre un des chatons gris et l'a appelé *Kanon'tinekens*. C'est le nom que donnent les

Iroquois aux espèces de boules de coton que produit une plante commune dans les champs de la région. Les gens d'ici appellent cela des « petits cochons ». En tout cas, je trouve que c'est un bien grand nom pour un si petit chaton.

Le 11 avril 1667

Cet après-midi, j'ai réussi à toucher la gourde, et les morceaux ont revolé tout partout.

« Excellent, mademoiselle, m'a félicitée un des soldats. La gourde est une bonne cible d'exercice, non? Les sauvages vont s'enfuir de terreur, à vous voir faire. »

J'étais dégoûtée. Je me suis sentie blêmir. Jean et moi n'avons pas dit un mot durant tout le trajet jusque chez ma tante Barbe. Sur le pas de la porte, juste avant qu'il me quitte, j'ai commencé à lui expliquer que jamais je ne pourrais tuer qui que ce soit. Il a levé la main pour me faire taire.

« Ne dis pas cela, Hélène. Je sais que tu auras toujours la force et le courage de faire ce que tu as à faire. »

Il a confiance en moi bien plus que moi-même.

Le 12 avril 1667

J'ai retiré une des couvertures de mon lit, et celles qui restent suffisent à me tenir chaud, car le temps a radicalement changé. Hier, il y avait encore de la glace sur le fleuve. Ce matin, elle a presque complètement disparu. J'ai marché sous une fine pluie, jusqu'à la palissade, pour me rendre compte par moi-même.

Sur le chemin du retour, il s'est mis à pleuvoir beaucoup plus fort. J'avais laissé les volets de ma chambre grand ouverts et, quand j'y suis entrée, j'ai trouvé Minette sagement assise, en train de regarder tomber les gouttes. Elle n'était pas en train d'essayer de les attraper, comme elle l'avait fait, un jour, en France. Et moi-même, je ne ressentais plus aucune envie de retirer mes chaussures et mes bas pour aller patauger dans les flaques d'eau. Et ce n'était pas à cause du froid.

« Avons-nous donc tant vieilli? » ai-je demandé à Minette. Mais elle ne m'a pas répondu.

Le 13 avril 1667

Aujourd'hui, le temps était si doux que nous avons ouvert tout grands les volets de la maison pour changer l'air dans les chambres. Ma tante Barbe était comme saisie d'une frénésie de grand ménage. J'ai donc noué un foulard sur mes cheveux et suis venue l'aider. Et nous avons même pu recommencer à faire la lessive dehors, au grand air.

Jean a apporté quelque chose à la maison, ce soir. Avec le retour du temps doux, la forêt qui s'étend de l'autre côté du fleuve a recommencé à s'animer de vies de toutes sortes. Les cerisiers sauvages seront bientôt en fleurs, et tous les arbres font leurs bourgeons. Les fleurs sauvages hâtives commencent à apparaître et les fougères se sont mises à pousser dans quelques endroits bien protégés, où le soleil a déjà réussi à réchauffer la terre complètement.

Jean, Séraphin et Kateri sont capables de manger n'importe quoi, exactement comme ma tante Barbe. Ce n'est pas mon cas. Mais cette fois, je n'ai pas résisté à ces petites pousses de fougères, que Jean appelle des têtes de violon. On dirait vraiment la crosse d'un violon miniature, et c'est savoureux, servi avec du beurre, du sel et un soupçon d'ail.

Le 14 avril 1667

Quel bonheur! Marie-la-muette a accepté d'épouser le charpentier, monsieur Lespérance, qui est veuf.

J'aurais tant aimé être là, pour l'entendre dire oui.

Il est beaucoup plus âgé qu'elle et a déjà été marié deux fois. Je suis soulagée de savoir qu'elle n'ira pas habiter hors de la ville, sans la sécurité que nous procure la palissade. Ils se marieront lundi prochain. Ma tante Barbe et moi avons été invitées. Malheureusement, je me suis aperçue que ma plus belle tenue n'était pas présentable. J'ai nettoyé le bas de la jupe, mais le tissu est usé par endroits et il reste une tache rebelle.

« C'est bien beau d'être économe, Hélène, a dit ma tante, mais ce n'est pas nécessaire puisqu'il y a des tenues et des chemises dans le coffre de Catherine. Ne proteste pas. Allons voir ce que nous pouvons en tirer. »

J'ai objecté que j'étais trop petite, que j'étais trop mince, que ce genre de tenues ne m'allait pas du tout. C'est étrange comme ma tante Barbe peut devenir sourde, par moments!

Nous avons déballé les vêtements et, l'espace d'une seconde, je me suis revue en France, en train d'emballer tous ces beaux vêtements. L'odeur discrète des aromates cueillis dans notre jardin – girofle, lavande, menthe poivrée et thym – est venue me chatouiller le nez et réveiller en moi le souvenir de Catherine. Je pouvais presque la voir debout devant moi, les mains posées sur les hanches, fronçant ses sourcils joliment arqués, en train de réfléchir. J'ai senti ma gorge se nouer.

Ma tante Barbe, à qui rien n'échappe, a commencé à s'agiter. C'est le remède qu'elle applique à toutes sortes de problèmes et, comme d'habitude, c'était efficace. Elle a déplié une chemise bordée de dentelle aux poignets, puis une jupe taillée dans une magnifique étamine de laine couleur de vin de Bordeaux. Il y avait un corsage assorti, à encolure carrée.

« Commençons par celle-ci, a décidé ma tante Barbe. Essaie-la. »

Quand j'ai commencé à discuter, ma tante Barbe m'a répondu : « Hélène, tu ne sembles pas te rendre compte que tu as grandi, ces derniers mois. Pas beaucoup, mais tu as pris des rondeurs, ici et là. Je peux facilement resserrer la taille de la jupe et rembourrer un peu le corsage. Et toi, tu peux raccourcir l'ourlet. Regarde-toi dans le miroir, petite idiote. »

Ma tante Barbe m'a tendu un petit miroir à main. Petit bout par petit bout, je me suis regardée pour finalement déclarer que, oui, ça pourrait aller.

Le 16 avril 1667

Le temps reste doux, ce qui est un réel soulagement,

après les rigueurs de l'hiver. Les rues pleines de gadoue grouillent de monde. Les uns sont venus pour vendre leurs produits, comme les fromages qu'ils ont fabriqués ou quelques précieux sacs de petits fruits séchés. Les autres s'en vont voir l'état de leurs champs, qu'ils commenceront bientôt à labourer. Et beaucoup ne sont là que pour le plaisir de pouvoir sortir. Il flotte une odeur de fumier, émanant des crottes laissées au passage par les vaches et les moutons en route vers les terrains communaux.

Séraphin a retourné la terre de notre potager. Demain, je vais semer des pois. Plus tard, il y aura aussi des concombres, de l'échalote et des fines herbes dont nous nous servons pour cuisiner et pour nous soigner.

Jean m'a dit qu'il y avait du cerfeuil sauvage dans la forêt. Il m'emmènera en cueillir, un de ces jours. C'est une petite chose de rien du tout, mais j'attends ce moment avec impatience! Minette devrait venir, aussi. Je lui ressemble de plus en plus. Je commence à comprendre son besoin d'aller vagabonder.

Le 18 avril 1667

J'ai du mal à ordonner mes pensées, tant je me sens submergée par le bonheur. Mais je dois commencer par parler du bonheur d'une autre personne, c'est-à-dire de Marie, qui vient tout juste de se marier. Ainsi, j'arriverai peut-être à me calmer un peu.

J'ai porté la tenue couleur vin de Bordeaux pour aller à l'église, aujourd'hui, avec pour seuls bijoux ma croix de bois et ma bague de deuil.

Marie et son mari se sont engagés l'un envers l'autre devant nous tous. Du moins, je crois que c'est ce que Marie a fait. Je n'ai pu entendre un seul mot de ce qu'elle a dit. Il faisait froid et humide, car une fois de plus, la journée était pluvieuse. J'avais donc gardé ma houppelande sur mes épaules. Plus tard, à la maison des nouveaux mariés, je l'ai enlevée.

Dans l'atelier de monsieur Lespérance, il flotte une agréable odeur de bran de scie, car il est charpentier-ébéniste. Sa maison s'est vite remplie de monde, et il y faisait trop chaud. Malgré la fine pluie qui tombait, les hommes sont restés dans la rue, devant la porte, à faire des blagues à propos du grand âge de monsieur Lespérance et de la tendre jeunesse de sa nouvelle épouse.

« Vous me semblez différente, ce soir, mademoiselle St-Onge, m'a dit Jean d'un ton taquin. C'est sûrement la manière dont vos cheveux sont coiffés. »

« Quelle somptueuse tenue, Hélène, m'a dit Kateri presque en criant, tant il y avait du bruit. Tu as l'air d'une nouvelle mariée. N'est-ce pas, papa? »

Plus tard, quand il a cessé de pleuvoir et que les hommes sont rentrés dans la maison, Jean et moi sommes restés dehors, tous les deux seuls, pour prendre l'air.

« La nuit est belle, ne trouves-tu pas? » m'a-t-il demandé.

Très agréable, lui ai-je répondu, mais pas seulement à cause du bon air frais. J'appréciais sa présence, qui me rendait profondément heureuse.

« Hélène, m'a-t-il dit abruptement, tous les jours, nous passons du temps ensemble. Pourrais-tu répondre maintenant à ma demande en mariage? Je souhaite de tout mon cœur que tu croies pouvoir être heureuse avec moi. Je ne suis pas si vieux que ça, je n'ai que trente ans. » Puis, voyant mon air ahuri, il a tout de suite ajouté : « Je ne veux pas te presser. Il reste encore du temps pour les fréquentations. Tu peux même considérer que ce n'en sont pas, si cela peut te soulager. On peut simplement continuer de se voir tous les deux. »

Je n'ai d'abord rien dit, pour me donner le temps de réfléchir. Je suis une Fille à marier, et c'est la raison pour laquelle je me trouve ici. Je dois considérer toute demande en mariage qui m'est adressée. Dans le cas présent, je ne me sens ni contrainte, ni angoissée, l'ai-je assuré. Et, oui, j'allais prendre sa demande en considération. Comme je me sentais heureuse en prononçant ces paroles!

Il a recommencé à pleuvoir, et cette fois à verse. Alors, nous sommes rentrés.

« Tu lui as demandé! Je le sais rien qu'à te regarder, papa! » s'est écriée Kateri. « Qu'as-tu répondu, Hélène? »

« Une fille intelligente, a dit ma tante Barbe. Elle a dit oui, bien évidemment! »

J'étais une fille intelligente, oui, mais au visage bien empourpré.

Le 19 avril 1667

La première chose qui m'est venue à l'esprit, en me réveillant, c'est que j'avais accepté de prendre en considération la demande en mariage de Jean. Et cette perspective envahissait tout mon être, comme jamais rien d'autre auparavant. C'était un mélange de bonheur, d'angoisse et d'excitation, si étrange que j'ai su immédiatement que je devais accepter.

Ce soir

Toute la ville est occupée à commérer. Séraphin a rapporté la nouvelle en criant, ce matin. Alors, je me suis habillée vite, et je n'ai pas pu écrire de toute la journée.

Il n'y a pas eu de danse au mariage de Marie. Il aurait dû y en avoir, mais il n'y avait pas assez d'espace pour le faire. Les prêtres ont dû être contents.

Par contre, il y a eu un charivari. Des hommes se sont postés sous la fenêtre de la chambre de Marie et de son époux, presque jusqu'à l'aube. Séraphin est sorti pendant la nuit, réveillé par le tapage, et a tout vu.

Par la suite, il nous a raconté que l'un d'eux jouait du violon tandis que les autres chantaient des chansons grivoises et bombardaient les volets de cailloux. « Finalement, monsieur Lespérance a ouvert les volets, s'est penché par la fenêtre et leur a lancé quelques sous. Il fallait le voir! »

Lorsque j'étais encore en France, je trouvais les charivaris très amusants. Quel mal pouvait-il y avoir à ce que de jeunes hommes fassent savoir à un autre qu'ils le trouvent trop vieux pour sa nouvelle épouse? Papa était d'accord avec moi, mais pas Catherine. Finalement, elle avait raison. Maintenant, je ne trouve plus cela aussi amusant.

Le 20 avril 1667

De bonnes nouvelles et d'autres, plus tristes. C'est étrange comme les deux semblent souvent s'entremêler, dans la vie. La nouvelle triste, c'est que Jean doit partir à la chasse, très tôt demain matin, et qu'il emmène Séraphin avec lui. Les deux me manqueront, chacun à sa façon, mais je me réjouis à l'idée d'avoir bientôt de la viande fraîche sur notre table. La bonne nouvelle, c'est que Kateri, son chaton et Ourson restent avec nous. D'ailleurs, en ce moment même, ma chambre résonne des crachements de Minette et des grognements d'Ourson.

Kateri dort à côté de moi. Le lit est bien plus chaud quand on le partage avec quelqu'un, et elle ne ronfle pas. Si j'épouse monsieur Aubry, Kateri deviendra ma belle-fille. Bizarre! Mais tout cela est beaucoup trop compliqué pour y penser maintenant.

Le 21 avril 1667

Aujourd'hui, Kateri et moi sommes allées porter les chatons restants aux gens qui nous les avaient demandés. Un des roux est allé habiter chez Marie et son nouvel époux, monsieur Lespérance. Un des gris est allé à l'école, et l'autre roux, chez les sœurs hospitalières. Ma tante Barbe et moi allons garder le noir. Nous l'avons appelée Sottise, à cause de toutes les bêtises qu'elle a déjà réussi à faire.

Elle ressemble à Minette trait pour trait et elle adore vagabonder.

Le 28 avril 1667

Je crains que cette nuit ne soit une nuit blanche, car je ne retrouve plus ni Minette ni Sottise. Évidemment, ma tante Barbe me dit de ne pas m'en faire. Un chat, ça vagabonde. J'aurai du mal à dormir, ce soir, et écrire me fait du bien.

Le 29 avril 1667

Sottise est revenue à la maison, et j'en ai remercié le bon Dieu. Mais pas Minette. Le temps s'est beaucoup rafraîchi, et il a recommencé à neiger très fort.

Le 30 avril 1667

J'ai parcouru les rues, aujourd'hui, en pleine tempête de neige, à la recherche de Minette. Kateri m'a accompagnée. Je sais que c'est enfantin de ma part. Ce n'est qu'un chat, mais je veux la retrouver. Nous l'avons appelée autant comme autant, mais sans succès. Puis nous sommes revenues à la maison.

Le 2 mai 1667

Par où commencer? Je me sens soulagée et ridicule à la fois, et je ne peux dire lequel de ces sentiments surpasse l'autre. Quoi qu'il en soit, je remercie le bon Dieu de veiller sur nous.

Ce matin, il faisait froid et, malgré le temps couvert, il avait cessé de neiger. Je suis donc sortie afin de chercher Minette. Je bénis ma tante Barbe, car elle n'a rien dit, même si je néglige mon travail.

Il y avait une souris morte sur le seuil de notre porte. Des traces de chat, très certainement celles de Minette, s'en éloignaient, dans la rue.

Il y avait aussi les traces de Kateri, chaussée de ses bottes sauvages, dont je reconnaissais la forme. Elle m'avait sans doute entendue pleurer, hier soir. Et elle sait combien je tiens à Minette.

Je n'ai rien dit à ma tante Barbe, car toutes mes pensées étaient occupées à décider ce que je devais faire. Je me suis arrêtée quelques instants, puis me suis précipitée dans ma chambre. J'ai chargé mon pistolet et l'ai suspendu à la ceinture que j'ai passée autour de ma taille.

Il était très tôt le matin, et les rues étaient encore presque désertes. J'ai suivi les traces de pas, qui m'ont menée jusqu'à la porte ouverte de la palissade. Il y avait là un petit abri où les soldats de garde pouvaient se réfugier. Ils s'y trouvaient justement, et ne m'ont prêté aucune attention quand j'ai franchi la porte.

Puis je me suis un peu découragée, car les traces menaient vers les terrains communaux et il avait recommencé à neiger. Les traces seraient bien vite effacées. Et je savais que je ne devais pas m'aventurer seule hors de la ville. Jean m'avait souvent avertie de ce qui pourrait m'arriver? Si maintenant je me faisais tuer ou enlever, ce serait affreux. Mais qu'en était-il de Kateri? Sans hésiter une seconde de plus, j'ai continué de m'éloigner de la ville pour aller à sa recherche.

Quand j'ai été rendue de l'autre côté des terrains communaux et que j'étais presque arrivée au bord du fleuve, le vent soufflait terriblement fort et il tombait tant de neige que je voyais à peine devant moi. Les traces de pas avaient disparu. Je me suis mise à crier le nom de Kateri.

J'ai alors entendu sa voix, toute petite, tant le vent la couvrait.

« Hélène! a-t-elle crié. Je peux te voir. Ne bouge pas. J'arrive! »

Puis nous nous sommes jetées dans les bras l'une de l'autre, chacune reprochant à l'autre d'avoir eu l'imprudence de s'aventurer jusque-là. Nous avons cherché dans toutes les directions, en espérant apercevoir la silhouette de la ville se détacher à travers toute cette neige, mais nous ne voyions que du blanc. Si nous nous trompions de direction, nous pouvions tomber dans les eaux glacées du Saint-Laurent et nous y noyer. C'était déjà arrivé à d'autres. Et si nous restions sur place, nous risquions de mourir de froid.

Un guerrier indien est soudain apparu, comme venant de nulle part. Il était armé jusqu'aux dents et son visage était absolument impassible. Mon cœur s'est mis à battre très fort, tandis que je me mettais à reculer devant lui. Il a dit quelque chose dans sa langue. Je n'avais pas la moindre idée de ce que c'était. Il a fait encore un pas vers nous. C'est alors que j'ai saisi mon pistolet et que je l'ai pointé vers lui, me tenant debout entre lui et Kateri.

« Hélène, arrête! Kateri! Que faites-vous ici? » C'était Jean, et il était furieux. « Baisse ton pistolet, Hélène. C'est un de mes amis, qui est venu du village pour faire la traite. » Derrière Jean se tenaient d'autres guerriers. Séraphin était avec eux, sa tignasse rousse flamboyant sous son chapeau. « Il se demande seulement pourquoi une femme blanche se trouve ici, alors que toutes les autres demeurent cachées comme des lapins morts de peur, à l'intérieur des murs de la ville. Soit qu'elle est totalement bête, soit qu'elle n'a peur de rien. »

Je me suis sentie comme fondre de l'intérieur tandis que j'abaissais mon pistolet. Les yeux de Jean lançaient des éclairs de fureur.

Je lui ai répondu que je ne savais pas, que je ne laisserais jamais personne tenter de faire du mal à Kateri. Et que ma Minette était partie depuis des jours, dans cette tempête de neige. Puis le ton de ma voix s'est légèrement teinté de colère. « Tu devrais comprendre qu'il est douloureux de perdre un être qui t'est cher? »

« Je le comprends tout à fait », a répondu Jean d'un ton parfaitement calme.

Le guerrier connaissait visiblement Kateri. Il lui a dit quelque chose. Elle a répondu. Quand il a repris la parole, son ton était devenu rieur. Les autres guerriers souriaient tout en se poussant du coude.

« Ne refais jamais cela », a dit Jean à Kateri d'un ton sec, nous donnant l'ordre à toutes deux de retourner à l'intérieur des murs.

La palissade nous apparaissait comme une grosse masse sombre, vers la gauche. Nous venions tout juste de nous mettre à marcher dans cette direction quand une voix nous a hélés, par-derrière nous. Là, au bord du fleuve, cinq canots venaient d'accoster. Nous les avons regardés s'arrêter, puis laisser descendre des hommes et des femmes.

« Bonjour, monsieur, a dit un homme de grande taille, tout en se dirigeant vers nous. Nous avons eu tout un voyage! Ces femmes ont besoin de se réchauffer quelque part à l'intérieur. C'est une heureuse journée pour les hommes de Montréal, car ce sont encore des Filles à marier. »

Elles étaient là, fatiguées, effrayées et excitées, tout à la fois. Elles avaient séjourné à Québec depuis l'automne dernier, mais elles étaient enfin arrivées à destination. J'apercevais d'ailleurs madame Laurent s'agiter autour du groupe. Des soldats sont venus en courant, de la palissade, en criant : « Vive le Roy! Vive les Filles à marier! » Que de souvenirs tout cela venait réveiller en moi!

Les Iroquois nous ont quittés pour retourner à leur propre campement, adossé à la palissade. Quant à nous, nous sommes rentrés dans la ville. À mon grand soulagement, Jean ne semblait plus fâché, même s'il aurait eu des raisons de l'être. Il nous devançait de quelques pas, avec Séraphin, tous deux brandissant fièrement les écureuils qu'ils avaient attrapés à la chasse. Il parlait avec l'homme de grande taille. Madame Laurent s'agitait et caquetait tout en conduisant les filles à l'intérieur de la palissade.

« Je sais que tu vas mourir de curiosité si je ne te dis pas ce qui s'est dit », m'a chuchoté Kateri. Elle m'a raconté que les guerriers avaient deviné qui j'étais, car Jean leur avait souvent parlé de moi. Elle s'est arrêtée de parler quelques secondes, le regard taquin. « Ils lui ont souhaité bonne chance. »

Quand nous sommes finalement arrivés chez ma tante Barbe, c'était à son tour d'être très fâchée.

« Hélène et Kateri, petites sottes, vous m'avez désobéi, et je me demande ce que je vais faire de vous. Rien, sans doute, car je suis vraiment soulagée de vous retrouver saines et sauves. Vous faire aller à confesse? Vous faire subir une longue et pénible pénitence? »

Elle a terminé en disant qu'il faudrait peut-être qu'elle fasse venir de France deux ceintures de crin pour nous. Mais à la vue des écureuils, elle s'est calmée un peu. Quel bon bouillon elle allait faire avec ça! Séraphin sera certainement un bon pourvoyeur pour la fille qui aura la chance de l'épouser. Et elle a continué ainsi, jusqu'à ce qu'elle s'arrête pour reprendre son souffle et dire en secouant la tête : « Il te faut un mari, Hélène. Ne croyez-vous pas, monsieur Aubry? »

Je dois admettre que je ne l'écoutais pas. Tout ce que j'étais capable de faire, c'était de regarder Minette qui dormait au coin du feu. J'ai marmonné que je voulais bien croire qu'un chat est un chat, mais quand même!

Un peu plus tard, je me suis rendu compte que Jean n'avait pas répondu à la question de ma tante Barbe.

Le 3 mai 1667

Jean dit que les Iroquois voulaient aller demander la paix à Québec et qu'une entente serait certainement signée. Ma tante Barbe et moi avons prié ensemble, à la messe de ce matin, pour rendre grâce à Dieu.

Le 4 mai 1667

J'ai cassé le bout de ma plume et, après l'avoir retaillée, je l'ai encore échappée deux fois. Cette page est pleine de pâtés, et j'ai décidé d'essayer de me calmer avant de reprendre mon écriture.

Jean et Kateri sont venus, comme d'habitude. Nous étions tranquillement assis à bavarder, tandis que Minette et les chatons jouaient ensemble, car Kateri avait emmené Kanon'tinekens avec elle. Kateri et Séraphin avaient commencé une partie de cartes, quand quelqu'un a ouvert la porte et est entré. C'était l'homme de grande taille, qui était arrivé avec les Filles à marier et madame Laurent.

Sans se donner le temps de reprendre son souffle, il nous a dit qu'on lui avait indiqué que mademoiselle St-Onge habitait ici. J'ai répondu que c'était exact.

Il m'a tendu un paquet, une lettre venue de France. « Madame, a-t-il continué, remuant les sourcils et tentant manifestement de charmer ma tante Barbe, on raconte par la ville que vous faites la meilleure petite bière d'épinette de l'endroit. J'en prendrais bien une tasse. »

« Ha! » a fait ma tante Barbe, levant un peu le nez.

Mais elle ne pouvait s'empêcher de sourire de satisfaction.

Quand il a été assis à boire, de l'autre côté de la salle, et que ma tante Barbe est retournée s'asseoir, j'ai brisé le cachet qui fermait le pli et me suis mise à lire à haute voix. C'était de cousin Pierre. Il était profondément peiné de la mort de Catherine et honteux de la manière dont il avait laissé cousine Madeleine nous traiter. Anne avait fait un excellent mariage avec le comte de Patisse, qui avait un frère tout à fait charmant, nommé Jérôme. En sa qualité de tuteur, cousin Pierre avait pris la liberté d'entamer les négociations avec Jérôme et était prêt à me fournir une dot confortable, de sorte que les liens entre nos deux familles s'en verraient renforcés. Et que je devais donc revenir immédiatement en France.

L'homme de grande taille m'a entendue annoncer cette nouvelle à ma tante Barbe. Il a dit qu'il retournerait à Québec dans quelques semaines et qu'il serait très content de me prendre avec lui, si je voulais bien prendre les dispositions nécessaires. « Un prêtre et madame Laurent seront également du voyage, ce qui assurera le respect des convenances », a-t-il ajouté.

Je l'ai remercié. Puis j'ai regardé Jean, qui m'observait gravement, sans dire un mot.

« Je dois monter à ma chambre », lui ai-je dit.

« Je comprends, Hélène », a-t-il dit d'une voix douce et pleine de regrets, tout en se levant.

Non, il ne comprenait rien du tout, lui ai-je répondu. Voulait-il bien rester? Il ne me faudrait que quelques minutes pour écrire ma réponse à mon cousin, pour lui annoncer que j'étais désolée de ruiner ses projets, mais que j'avais déjà accepté une demande en mariage de la part d'un homme de bien. Au moment où la lettre arriverait en France, je serais déjà mariée.

L'expression qui a transfiguré Jean valait mille mots.

Séraphin et Kateri étaient très heureux pour nous. Ma tante Barbe ne cessait de m'embrasser. Le reste de la soirée a été bien rempli tandis que Jean et moi discutions des arrangements à faire pour la noce. Et l'homme de grande taille qui devait rapporter ma réponse au cousin Pierre? Ma tante Barbe lui a resservi de la petite bière, aux frais de l'aubergiste!

Le 5 mai 1667

Un violent orage m'a réveillée, juste avant l'aube. J'ai ouvert les volets de ma chambre pour voir s'il y avait encore de la neige, quand j'ai aperçu un arc-en-ciel. Cette splendeur, ainsi que le souvenir de la soirée de la veille, m'ont remplie de joie.

La maisonnée se réveille et, dans quelques instants, je vais me lever et m'habiller. J'ai retiré de mon doigt la bague de deuil et l'ai remise dans mon coffre. Reposez en paix, papa et Catherine, ai-je chuchoté. Je sais qu'ils m'auraient approuvée.

Un jour, papa m'a dit que la libellule était un parfait symbole de la vie, autrement dit d'un être qui cherche à apprendre pour mieux comprendre. À l'état de larve, elle passe de longs mois dans l'obscurité la plus totale, enfouie dans la vase, au fond d'un étang. Un beau jour, elle se met à remonter vers la surface, empruntant la tige d'un roseau, pour enfin arriver à l'air libre. Sa carapace se fend alors en deux, et elle doit s'en extirper. C'est un dur combat, comme toujours dans la vie, mais elle l'emporte. Puis elle déplie ses ailes et prend son envol, dans un monde nouveau baigné par la lumière du soleil. Aujourd'hui, je crois qu'un grand rideau noir s'est ouvert devant moi, m'invitant à vivre ma vie dans un monde nouveau.

Épilogue

Hélène St-Onge a épousé Jean Aubry le 18 août 1667, exceptionnellement un jeudi. C'était le jour même de l'anniversaire de ses quinze ans. Leur mariage justifiait à lui seul la tenue d'une grande fête. Mais les Montréalais avaient une autre bonne raison de se réjouir, car, le mois précédent, un accord de paix avait été conclu entre les Iroquois et les Français de Montréal.

La noce a été à la hauteur des talents d'hôtesse de la tante Barbe. Il y a eu de la danse, d'excellents mets et des rires à profusion. Et, comme Jean était un homme très respecté, il n'y a pas eu de charivari. Les gens ont ensuite parlé de ces réjouissances pendant des semaines.

Hélène s'est installée chez Jean. À son arrivée, elle a serré dans ses bras sa belle-fille, Kateri. Avec les années, elles ont tissé entre elles des liens si serrés que leur attachement l'une pour l'autre allait durer toute leur vie. Les journées d'Hélène étaient bien remplies, à s'occuper de sa maisonnée et à aider sa tante Barbe à l'auberge. Elle trouvait même encore un peu de temps à consacrer à d'autres personnes. En 1668, la sœur Bourgeoys a acheté une ferme comprenant un bâtiment en pierre, afin d'y accueillir les Filles du Roy qui allaient continuer d'immigrer dans les années à venir. Hélène s'est fait un devoir d'aller y visiter chaque groupe de nouvelles venues afin de leur souhaiter la bienvenue et de les encourager dans leur projet.

Le premier enfant d'Hélène et de Jean, prénommé

Marc, est né en 1669, à la plus grande joie de ses parents. L'époux de Marie-la-muette, monsieur Lespérance, leur a offert un magnifique berceau fabriqué de ses propres mains. Leur deuxième enfant, Catherine, a vu le jour en 1673. Née prématurément, elle a failli mourir. Jean a toujours cru que cette enfant née trop petite devait la vie à l'immense amour d'Hélène pour elle. Avec le temps, Catherine a fini par prendre du poids et devenir une enfant en pleine santé.

En 1679, la famille d'Hélène et de Jean comptait quatre enfants : Marc, Catherine, Bernice (nommée en souvenir de la mère de Jean) et Louis (en souvenir du père d'Hélène). Ils avaient besoin d'une plus grande maison. L'appui de l'Intendant Talon avait permis à Jean de connaître le succès dans ses affaires, de sorte qu'il a pu acheter une nouvelle maison, plus grande, sur la rue Notre-Dame. La famille y a emménagé durant l'été de cette année-là, et Séraphin s'est installé dans les pièces, au-dessus de l'atelier d'armurerie.

Quand elle a atteint l'âge de seize ans, Kateri a épousé un guerrier iroquois nommé Akonni et est partie vivre avec lui dans la mission de Caughnawagha (aujourd'hui Kahnawake), non loin de Montréal. Ils y ont élevé leurs nombreux enfants. Le 4 août 1701, les trente-neuf tribus indiennes ont signé la Grande paix de Montréal. Les Iroquois, dont Akonni, sont arrivés en retard au rendez-vous, de sorte que leur chef n'a pas pu apposer lui-même sa marque sur le document. Un chef onontagué l'a fait à sa place. Cet engagement allait assurer la paix pour plusieurs années, entre Français et nations indiennes alliées.

Séraphin est resté à l'atelier pour assister Jean mais, de plus en plus souvent, il allait aider la tante Barbe, dont la vue commençait à baisser, avec l'âge. Il a épousé une veuve du nom d'Anne Charbonneau. Ils n'ont pas eu d'enfants, mais ont toujours pris charge, avec grand plaisir, de ceux d'Hélène et de Kateri.

La tante Barbe est morte paisiblement, dans son sommeil, à l'âge de soixante-huit ans. Elle a légué à Hélène son auberge et toute sa fortune, qui représentait une très belle somme pour l'époque. Hélène a demandé à Séraphin et à Anne de s'occuper de l'auberge. Séraphin a fini par y consacrer tout son temps, en tant qu'aubergiste attitré, surtout qu'il n'avait jamais réussi à compléter son apprentissage d'armurier. L'auberge est restée entre les mains de la famille St-Onge pendant de nombreuses années, jusqu'à ce que le bâtiment soit incendié durant le conflit franco-indien de 1759.

Le journal du père d'Hélène a finalement été imprimé en 1682. Comme il n'y avait aucune presse à imprimer en Nouvelle-France, Jean a dû se rendre à Cambridge, en Nouvelle-Angleterre (actuellement aux États-Unis, dans l'État du Massachusetts), où on pouvait en trouver. Hélène chérissait ce livre, relié en plein cuir, comme le plus précieux des trésors. Elle en lisait souvent des passages à Jean et à ses enfants. Cet exemplaire imprimé, de même que le manuscrit original, sont demeurés jusqu'à aujourd'hui entre les mains des descendants d'Hélène, ainsi que les nombreux cahiers constituant son journal personnel, qu'elle a tenu durant toute sa vie.

Aux yeux d'Hélène, sa famille était au centre de son univers. Seules la lecture et l'écriture s'en rapprochaient. Elle a utilisé une partie de l'héritage reçu de la tante Barbe pour acheter quelques livres, qu'elle commandait chaque année à un marchand de France. Petit à petit, elle a amassé ces livres dans sa maison et en a même donné quelques-uns à la sœur Bourgeoys pour son école, où Marc et ses autres enfants avaient étudié.

Jean Aubry est mort entouré des siens, en 1702. Hélène l'a suivi l'année suivante, après une courte maladie. Elle a été mise en terre aux côtés de son mari, à Montréal, son alliance au doigt. La petite croix de bois qu'elle avait portée toute sa vie a été remise à sa fille Catherine. Celle-ci la portait le jour de son mariage, tout comme sa mère l'avait fait. Cette croix s'est transmise jusqu'à aujourd'hui à la fille aînée de la famille St-Onge.

L'emplacement exact de la sépulture d'Hélène et de Jean demeure inconnu, mais cela ne signifie pas qu'ils n'ont rien laissé derrière eux ou qu'ils sont tombés dans l'oubli. Par sa nombreuse descendance, Hélène a survécu jusqu'à aujourd'hui, comme toutes les Filles du Roy.

Note historique

En 1663, il était devenu évident aux yeux du roi Louis XIV, communément appelé le Roi-Soleil, que sa colonie de la Nouvelle-France ne se développait pas assez rapidement. Il y avait trop peu de femmes en âge de se marier, et la population mâle y était nettement majoritaire. Les hommes auraient pu épouser des Amérindiennes, mais ne le faisaient pas, même si, pendant un certain temps, ils y ont été encouragés par l'Église catholique. Seulement sept mariages mixtes ont été enregistrés à Montréal, entre 1642 et 1712.

Il fallait donc faire venir de France des femmes de bonnes mœurs. Le roi, qui considérait tous les habitants de la Nouvelle-France comme ses « enfants », a accepté de fournir à ces jeunes filles une dot puisée à même le trésor royal. Les dépenses liées à leur traversée seraient également acquittées par lui. Enfin, elles recevraient, toujours du roi, un trousseau, conformément à la coutume de l'époque. Aujourd'hui, les historiens donnent le nom de « Filles du Roy » à ce groupe de jeunes femmes. Ce terme n'a pas été utilisé avant 1697-1698; on le rencontre pour la première fois dans le texte des mémoires de Marguerite Bourgeoys. À l'époque, on les appelait simplement les « Filles à marier ».

Les premières Filles du Roy se sont embarquées pour la Nouvelle-France en 1663. En 1665, c'est-à-dire l'année où l'Intendant Jean Talon est arrivé dans la colonie, ce programme d'immigration avait déjà porté ses fruits. On connaît bien l'origine de plus de sept cents de ces femmes. Au début, la plupart des jeunes filles venaient des orphelinats des villes. Quelques-unes étaient de petite noblesse. Mais on s'est vite rendu compte que les filles de la campagne s'adaptaient généralement mieux aux dures conditions d'existence de la colonie, avec ses hivers rigoureux et les durs travaux à faire.

C'était une aventure audacieuse et pleine de périls. Les Filles du Roy quittaient la France à partir des ports de Dieppe et de La Rochelle. La traversée de l'Atlantique en bateau à voile, au XVIIe siècle, était loin d'être une petite entreprise. On y était très serré et sans aucun confort. Par mauvais temps, il fallait fermer le bateau par tous ses orifices. La nourriture était horriblement mauvaise, et il arrivait même que des Filles du Roy subissent de mauvais traitements. On sait, par exemple, que certaines se sont fait voler leurs vêtements. De plus, au moins soixante d'entre elles sont mortes durant la traversée, au cours des onze années qu'a duré ce mouvement migratoire.

À leur arrivée en Nouvelle-France, les Filles du Roy descendaient d'abord à Québec. Puis, au bout d'un certain temps, si elles n'avaient toujours pas trouvé mari, elles étaient acheminées vers Trois-Rivières ou Montréal. Étroitement surveillées, elles étaient prises en charge par des femmes de bonne réputation, telle Marguerite Bourgeoys, jusqu'à ce qu'elles acceptent l'offre d'un prétendant. Certains de ces mariages se concluaient à la hâte, à la manière d'une simple affaire commerciale, mais les jeunes filles pouvaient attendre jusqu'à un an avant d'accepter une demande. Les filles de forte constitution et en bonne santé étaient les plus recherchées, puisque leur nature laissait supposer qu'elles s'adapteraient plus facilement aux durs travaux qui les attendaient. Quand un couple s'était mis d'accord pour se marier, un notaire rédigeait un contrat comprenant l'inventaire des biens de chacun des futurs époux. Le mariage était célébré en tout dernier lieu. La plupart se mariaient à l'automne, au moment où les bateaux cessaient de venir de France et où les moissons étaient terminées. Certains de ces contrats de mariage montrent que les Filles du Roy recevaient, à cette occasion, une autre somme de la part du roi.

Les conditions de vie des habitants étaient incroyablement difficiles. Le travail était dur. Leur alimentation était simple, et souvent pas des meilleures, constituée principalement de pain grossier. Dans bien des cas, leur maison se réduisait à une simple cabane et leurs possessions étaient presque nulles. Il n'était pas rare de ne posséder aucun vêtement de rechange et à peine quelques meubles dans la maison.

La médecine moderne en était à ses premiers pas, et des maladies faciles à soigner aujourd'hui étaient souvent mortelles. On ne connaissait pas encore la cause exacte du scorbut. Or, cette maladie était très fréquente, tant au cours de la traversée de l'Atlantique que durant les longs hivers de la Nouvelle-France, quand le régime ne comportait aucun produit frais. La soupe au chou qu'Hélène et la tante Barbe apportent aux malades de l'hôpital devait contenir de la vitamine C en quantité suffisante pour les guérir du scorbut. La bière d'épinette contient aussi de la vitamine C. On sait que, lors du troisième voyage de Jacques Cartier en Nouvelle-France, durant l'hivernement de 1536, la plupart des hommes de son équipage ont été atteints de scorbut et que plusieurs en sont morts. Ceux qui ont survécu l'ont pu grâce à une boisson que les Amérindiens leur ont montré à préparer avec des branches de thuya et diverses herbes.

La variole, anciennement appelée « petite vérole », était aussi une maladie dévastatrice en Nouvelle-France, tant dans les établissements français qu'au sein des populations amérindiennes. Il y a eu une épidémie particulièrement grave en 1687. C'était, encore là, une maladie due à des causes inconnues pour les gens de l'époque. Hélène ne pouvait pas savoir pourquoi elle n'avait pas été contaminée par son père, ni par Jean. Elle et Kateri étaient immunisées contre la variole (ou petite vérole) parce qu'elles avaient attrapé la vaccine de la vache (ou « vérole de la vache », dans le texte du journal) auparavant.

Les fumigations de cèdre blanc (thuya) qu'Hélène utilise dans la maison sont bien plus qu'un simple remède de bonne femme. Elles peuvent aider à combattre certaines maladies, comme la peste, puisque la fumée résinée tue les puces, vecteurs de cette maladie.

Les Amérindiens représentaient une menace constante pour les colons européens installés sur des terres leur ayant appartenu depuis la nuit des temps. Par moments, les habitants ne pouvaient même plus sortir de l'enceinte de Montréal pour aller travailler à leurs champs. Tout déplacement était dangereux, car on risquait à tout moment de se faire tuer ou d'être fait prisonnier. Le régiment de Carignan-Salières a été envoyé en Nouvelle-France en 1665, afin de défendre les établissements français. Des villages iroquois ont été brûlés, ne laissant plus qu'une seule issue à cette communauté. Le 10 juillet 1667, les Iroquois ont donc accepté de faire la paix, et le régiment a été renvoyé en France. Attirés par la perspective de posséder une terre en propre, de nombreux soldats ont toutefois décidé de rester en Nouvelle-France et d'y épouser une Fille du Roy.

Malgré les nombreuses embûches, presque toutes les Filles du Roy ont fini par se marier, car il aurait été extrêmement déshonorant de ne pas le faire. Un certain nombre d'hommes de la colonie auraient toutefois préféré rester célibataires, et l'arrivée de ces filles ne les réjouissait guère. Mais les pressions de la part des autorités étaient fortes. Ainsi, en 1670, l'Intendant Jean Talon a décrété que tout nouvel immigrant perdrait ses droits de chasse et de traite, à moins d'épouser une Fille du Roy dans les quinze jours suivant son arrivée dans la colonie. C'était une bonne stratégie, mais qui s'est avérée difficile à appliquer.

En 1665, Jean Talon a fait effectuer le premier recensement de la population d'origine européenne installée en Nouvelle-France; on comptait plus de 3 000 individus. En 1673, dernière année d'immigration des Filles du Roy, la population était passée à 6 700. Le programme d'immigration des Filles du Roy en Nouvelle-France était donc, déjà à cette date, une excellente stratégie de peuplement.

Ces jeunes femmes, qui ont choisi de faire face à l'inconnu en s'engageant courageusement dans cette aventure migratoire, l'ont fait pour diverses raisons. Certaines l'ont fait de leur plein gré, mais d'autres, par désespoir. Chacune a sa propre histoire, mais toutes ont laissé derrière elles un héritage remarquable, par leur nombreuse descendance, concentrée dans le Canada, mais aussi dispersée ailleurs dans le monde. Le succès de l'entreprise coloniale française en Amérique du Nord au XVIIe siècle doit beaucoup au courage et à l'ardeur au travail de ces pionnières. Et, par voie de conséquence, le Canada d'aujourd'hui en bénéficie tout entier.

Les bateaux de Jacques Cartier arrivant à Stadaconé (futur emplacement de la ville de Québec), sur les rives du Saint-Laurent en 1535.

Le vaisseau de Samuel de Champlain arrivant à Québec, entouré de canots. Champlain a fait de nombreuses fois la traversée vers la Nouvelle-France.

Monument à la mémoire de Paul Chomedey de Maisonneuve, qui a emmené de nombreux colons pionniers en Nouvelle-France et a fondé une communauté missionnaire à Ville-Marie, qui deviendra ensuite Montréal.

Louis XIV, roi de France, qui a fourni leur dot aux Filles du Roy.

Gravure représentant la ville de Québec en 1699, avec les édifices de la haute-ville, les vaisseaux naviguant sur le fleuve Saint-Laurent et un groupe d'autochtones en avant-plan.

Jean Talon rendant visite à des colons.

Sœur Marguerite Bourgeoys, qui était institutrice, est arrivée à Ville-Marie en 1653 et y a organisé une école dans une étable que lui avait cédée Paul Chomedey de Maisonneuve. Elle a joué le rôle de chaperon auprès des Filles du Roy, à leur arrivée en Nouvelle-France.

Le bâtiment de pierre cédé à Marguerite Bourgeoys par de Maisonneuve, le 25 novembre 1657. La première école de Montréal y a été ouverte le 30 avril 1658.

Jeanne Mance a été l'une des premières femmes à venir en Nouvelle-France, avec Paul Chomedey de Maisonneuve. Elle a fondé le premier hôpital de Montréal, l'Hôtel-Dieu, où elle a ensuite travaillé pendant plus de trente ans.

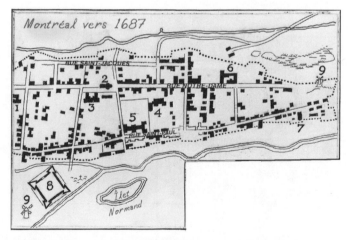

Carte de Montréal, où sont représentés les rues et les bâtiments (vers 1687).

Vision plutôt romantique des Filles du Roy arrivant à Québec, vêtues de leurs plus beaux atours.

Un cultivateur, ou « habitant », portant raquettes aux pieds et fusil à l'épaule.

Portion d'un village huron-iroquois entouré de sa palissade.

ruisseau

entrée

culture de maïs

Représentation d'une portion d'un village huron-iroquois entouré de sa palissade.

Un Iroquois. Le terme de « Sauvages » était souvent utilisé par les colons français pour désigner les Amérindiens.

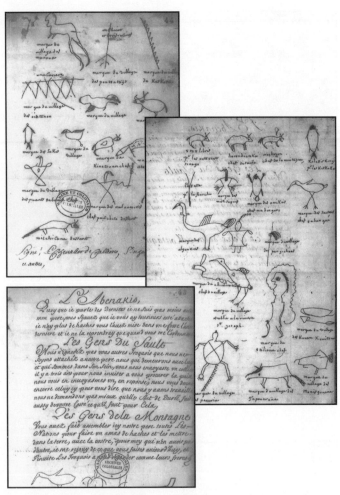

Trois pages extraites de La grande paix de Montréal, *signée en 1701. Les chefs amérindiens ont signé en dessinant l'animal totémique de leur tribu. Ce traité a permis, pendant un certain temps, la suspension des hostilités entre colonisateurs français et populations amérindiennes, à l'époque de la Nouvelle-France.*

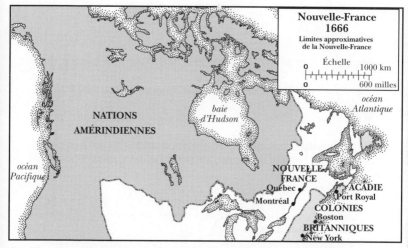

La France réclamait tout le territoire apparaissant en blanc sur la carte. En réalité, les établissements français n'allaient pas plus loin que l'île de Montréal, à l'ouest.

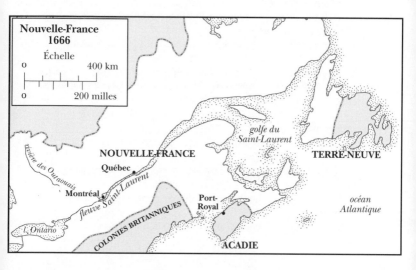

Glossaire

arpent (masc.) : ancienne mesure de surface correspondant à environ un tiers d'hectare ou huit dixièmes d'acre.

bête à quatre pattes : nom donné aux mammifères en français du XVIIe siècle.

biscuit (masc.) : galette de farine de blé passée au four, puis déshydratée, qui servait autrefois d'aliment pour les marins.

bottes sauvages : se portaient en hiver et étaient faites de cuir épais enduit de graisse.

brayet (masc.) : nom que donnaient les Français de la Nouvelle-France à l'espèce de pagne que portaient les Amérindiens en guise de culotte.

capote (fém.) : gros manteau des hommes, en particulier des soldats. En français du XVIIe siècle, on pouvait aussi dire « un capot », au masculin. Cet usage s'est conservé en français québécois jusqu'au XXe siècle.

casse-tête (masc.) : nom donné par les Français de la Nouvelle-France au tomahawk des Amérindiens.

cèdre blanc : nom donné au thuya en français du XVIIe siècle; en français canadien actuel, on utilise le générique « cèdre » pour désigner ce conifère nord-américain.

chemise (fém.) : vêtement que les femmes portaient sous le corset, le corsage et la jupe.

coiffe (fém.) : faite d'un tissu léger, elle couvrait la tête des femmes.

corsage (masc.) : vêtement féminin ancien fait de tissu, couvrant le buste par-dessus la chemise. Aussi appelé un « corps de jupe ».

corset (masc.) : sous-vêtement très ajusté, renforcé par des baleines et serré à l'aide d'un lacet.

denier (masc.) : ancienne monnaie française, petite pièce de cuivre sans grande valeur.

écu (masc.) : ancienne monnaie française, pièce d'argent valant six livres.

écuelle (fém.) : sorte d'assiette large et creuse, sans rebord, pourvue de deux petites poignées appelées « orillons ».

engagé (masc.) : travailleur manuel lié par contrat pour une durée de trois ans.

habitant (masc.) : cultivateur propriétaire de sa terre.

houppelande (fém.) : sorte de vêtement entre le manteau et la cape, souvent doublé de fourrure, muni de larges manches flottantes évasées.

justaucorps (masc.) : vêtement serré à la taille, muni de manches et de basques assez longues, que les hommes portaient sous le manteau et par-dessus la chemise.

lieue (fém.) : ancienne mesure de longueur correspondant à environ quatre kilomètres.

linge de corps : sous-vêtements, en français du XVIIᵉ siècle.

livre (fém.) : ancienne monnaie française utilisée dans les comptes et n'existant pas sous forme de pièce métallique; une livre valait 20 sols.

mitasses (fém.) : mot d'origine amérindienne, désignant les jambières de cuir, de grosse toile ou de laine portées en hiver par les colons de la Nouvelle-France.

mocassins (masc.) : chaussures des Amérindiens, faites de cuir souple.

Sauvages (les) : terme utilisé par les colons français du XVIIᵉ siècle pour désigner les Amérindiens.

sol (masc.) : ancienne monnaie française, pièce de cuivre valant 12 deniers.

toise (fém.) : ancienne mesure de longueur correspondant à environ 1,9 mètre ou environ 6 pieds.

tourtière (fém.) : tarte à double abaisse, garnie de viandes. En français canadien actuel, on dit encore « tourtière », et aussi « pâté à la viande », pour désigner ce genre de préparation.

traîne (fém.) : traîneau en bois fabriqué par les Amérindiens. En français canadien actuel, on dit une « traîne sauvage ».

tricotin : instrument en forme de lyre, servant à fabriquer de la cordelette.

trictrac (masc.) : jeu ancien, semblable au backgammon.

vaisseau (masc.) : ancien bateau à voile, d'une certaine importance.

Glossaire des mots iroquois

enniska : février, retard.

kanon'tinekens : petits cochons, fruits de l'asclépiade formés d'une grosse gousse qui, en s'ouvrant, libère une espèce de boule blanche semblable à une boule de coton.

Kateri : Catherine

kwé : bonjour!

oniehté : neige

onen : au revoir!

oryé : ami.

teh hon tsi kwaks eks : jeu de la crosse.

wakatshennonni : je suis content.

Vieille recette de soupe verte (1658)

Fere chaufer un peu d'eau avec burre et sel.

Cuillir au jardin oseille, bourrage, serpollait, chicorée ou letue, et fuilles de bete.

Netoyer ces erbes, les hacher menu, puis les metre dans un pot de grês avec l'entame d'une miche de pin.

Faire boilir le tout jusques à tendreté des erbes.

Tremper vostre pin, le retirer et servir.

Cette recette a été écrite en 1658. Remarquer l'orthographe, qui nous paraît fautive aujourd'hui, mais qui était normale et correcte à l'époque : « e » pour « ai » (faire, laitue), et l'inverse (serpolet); « f » pour « ff » (chauffer); « u » pour « eu » (beurre); « ui » pour « uei » (cueillir) ou « eui »(feuille); « g » pour « ch » (bourrache), « ll » pour « l » (serpolet), et l'inverse (bouillir); « t » pour « tt » (bette, nettoyer, mettre); « h » manquant (herbes); accent différent (grès); « in » pour « ain » (pain); « oi » pour « oui » (bouillir). Remarquer aussi les formes «jusques à » pour «jusqu'à » et « vostre » pour « votre ».

Remerciements

Nous adressons nos plus vifs remerciements aux institutions suivantes, pour nous avoir permis de reproduire leurs documents :

Portrait de la page couverture : détail de *The Knitting Girl (La tricoteuse)*, de William Adolphe Bougeureau, gracieuseté du Joslyn Art Museum, Omaha, Nebraska, JAM.1931.106.

Arrière-plan de la couverture : détail de *Arrival of Jacques Cartier at Stadacona, 1535, Quebec*, de Walter Baker, Archives nationales du Canada, C-011510.

Page 203 (en haut) : Walter Baker, *Arrival of Jacques Cartier at Stadacona*, 1535, Quebec, Archives nationales du Canada, C-011510.

Page 203 (en bas) : George Agnew Reid, *Arrival of Champlain at Québec*, Archives nationales du Canada, C-011510.

Page 204 (en haut) : statue de Paul Chomedey de Maisonneuve, Archives nationales du Canada, C-69552.

Page 204 (en bas) : Edmond Lechevallier-Chevignard, *Louis XIVth as a young man*, Archives nationales du Canada, C-017650.

Page 205 (en haut) : Jean-Baptiste-Louis Franquelin, *Vue de Québec* [1699], Archives nationales du Canada, C-015791.

Page 205 (en bas) : Lawrence R. Batchelor, *Jean Talon Visiting Settlers*, Archives nationales du Canada, C-011925.

Page 206 (en haut) : Henri Beau, *Marguerite Bourgeoys, Fondatrice*, 1653, Archives nationales du Canada, C-012340.

Page 206 (en bas) : Le bâtiment de pierre donné à Marguerite Bourgeoys par de Maisonneuve le 25 novembre 1657, Archives nationales du Canada, C-012340.

Page 207 (en haut) : Jeanne Mance, Archives nationales du Canada, C-14360.

Page 207 (en bas) : Charles William Jefferys, Carte de Montréal vers 1687, Archives nationales du Canada, C-69551.

Page 208 (en haut) : Eleanor Fortescue Brickdale, *Les Filles du Roy*, Québec, Archives nationales du Canada, C-201206.

Page 208 (en bas) : Henri Beau, *Un colon de la baie d'Hudson du XVIIe siècle*, Archives nationales du Canada, C-1020.

Page 209 (en haut) : Charles Willliam Jefferys, *Portion d'un village huron-iroquois entouré de sa palissade*, Archives nationales du Canada, C-69767.

Page 209 (en bas) : J. Laroque Sculp, *Sauvage iroquois*, Archives nationales du Canada, C-3164.

Page 210 : La Grande paix de Montréal, Archives nationales du Canada, C-147864, C-147865 et C-147866.

Page 211 : cartes exécutées par Paul Heersink / Paperglyphs. Données historiques (Copyright © Gouvernement du Canada, 2002), reproduites avec la permission de Ressources naturelles Canada.

Merci à Barbara Hehner, pour la relecture de mon manuscrit, et à Andrew Gallup, historien, écrivain et rédacteur de la revue *Interprétant Nouvelle France*.

À Lauren Jones,
ma nièce du XVIIIe siècle.

Quelques mots à propos de l'auteure

Les recherches documentaires effectuées par Maxine Trottier en préparation à la rédaction de *Alone in an Untamed Land* (traduit en français sous le titre de *Seule au Nouveau Monde*) l'ont amenée à découvrir des choses qu'elle ignorait jusque-là à propos de ses origines. Elle savait depuis longtemps que la famille de sa mère était installée au Canada depuis le XVIIe siècle, car cela fait la fierté du cercle familial. Mais elle ne savait pas que la femme d'un de ses ancêtres était une authentique Fille du Roy. C'était une première découverte, intéressante en soi. Mais une autre surprise l'attendait, qui donne à penser que Maxine était prédestinée à écrire l'histoire d'Hélène St-Onge. Laissons-la raconter son cheminement elle-même.

« En 1681, la population de Montréal a été recensée. Dans la liste de dénombrement figure un jeune marin âgé de vingt-huit ans, du nom de Pierre Chesne dit St-Onge, originaire de Reignac, dans la province de Saintonge, en France. C'est mon ancêtre. On ignore le moment exact de sa venue en Nouvelle-France, car seules deux listes complètes de passagers nous ont été transmises jusqu'à aujourd'hui, et son nom n'y figure pas.

Pierre a épousé Louise-Jeanne Bailly, le 29 novembre 1676, à Montréal. Il s'est engagé comme voyageur vers l'Ouest, de mai 1686 à mai 1695. Il était donc coureur des bois, comme certains personnages de mon histoire. On peut imaginer ce qu'une telle situation pouvait représenter dans la vie d'un couple marié. Néanmoins, Pierre et Louise-Jeanne ont eu sept enfants. Un de leurs fils, né en 1698 et prénommé Pierre, est mon ancêtre direct.

Louise-Jeanne est morte le 29 juin 1699. Pierre a alors

épousé, en secondes noces, le 9 octobre 1700, une femme du nom de Marie Moitié. Ce n'est pas une figure très importante de notre histoire familiale, car aucun de nous ne descend de cette femme. Cependant, au fur et à mesure que j'avançais dans la recherche documentaire préliminaire à l'écriture de ce livre, il devenait de plus en plus clair dans mon esprit que mon histoire de famille, bien réelle, et la trame de mon histoire, inventée de toutes pièces, se rejoignaient beaucoup plus que je ne l'avais imaginé au départ.

Marie était elle-même veuve. Son premier mari, Jean Magnan dit Lespérance, était soldat dans le régiment de Carignan-Salières. Dans la documentation, Marie est inscrite comme exerçant le métier de « cabaretière », c'est-à-dire qu'elle tenait un hôtel et un restaurant. Elle a exercé ce métier conjointement avec son mari, jusqu'à la mort de celui-ci en 1693, puis à titre d'unique propriétaire jusqu'à son mariage avec Pierre St-Onge. Détail encore plus remarquable, cette Marie Moitié était une Fille du Roy. J'ai donc décidé de construire le personnage de la tante Barbe à partir de celle qu'on pourrait appeler ma « belle-mère ancestrale ». J'ai aussi tiré d'autres noms de ma généalogie. Quant à la maison de la tante Barbe, je l'ai située sur la rue où se dressait l'établissement de Jean Magnan et Marie Moitié. »

Cette coïncidence, déjà remarquable en soi, préludait toutefois à une autre découverte. Maxine elle-même est la descendante d'une autre Fille du Roy nommée Catherine Ducharme. Cette Catherine est arrivée en Nouvelle-France en 1671, à l'âge d'environ quatorze ans. L'année suivante, elle a épousé Pierre Roy dit Saint-Lambert. Un de leurs fils, Pierre Roy, a épousé au fort Détroit, en 1703, Marguerite

Ouabankikove, membre de la tribu des Miamis et sœur du chef Pied froid. Maxine est une descendante de ce couple. Par hasard, elle avait décidé que le personnage de la grande sœur d'Hélène se nommerait Catherine bien avant de découvrir que sa propre ancêtre avait porté ce nom.

Ex-enseignante et passionnée de voile, Maxine est depuis longtemps fascinée par l'histoire. Plus particulièrement, elle participe à des reconstitutions historiques avec le groupe *Le Détachement*, dont les membres sont spécialisés dans la personnification des habitants de la Nouvelle-France au XVIIIe siècle. Plus récemment, elle est devenue membre agréée de *La société des Filles du Roy et soldats de Carignan*, qui s'est donné pour vocation de « rendre hommage à tous ces gens pour leur courage ».

Maxine a écrit de nombreux livres pour la jeunesse, dont plusieurs ont été primés, notamment *Les vacances de Claire*.

Catalogage avant publication de la Bibliothèque nationale du Canada

Trottier, Maxine
[Alone in an untamed land. Français]
  Seule au Nouveau Monde : Hélène St-Onge, Fille du Roy / Maxine
  Trottier ; texte français de Martine Faubert.

(Cher Journal)
Traduction de: Alone in an untamed land.
ISBN 0-439-97003-2

1. Filles du Roy (Histoire du Canada)--Romans, nouvelles, etc.
2. Canada--Histoire--1663-1713 (Nouvelle-France)--Romans, nouvelles, etc.
I. Faubert, Martine II. Titre. III. Collection.

PS8589.R685A7514 2003   jC813'.54   C2003-903323-6
PZ23

6 5 4 3 2   Imprimé au Canada   05 06 07

Le titre a été composé en caractères Dorchester.
Le texte a été composé en caractères Esprit Book.